ひとり旅日和 幸来《さちきた》る!

AKIKAWA TAKIMI

秋川滝美

角川書店

ひとり旅日和

幸《さち》来《きた》る！

CONTENTS

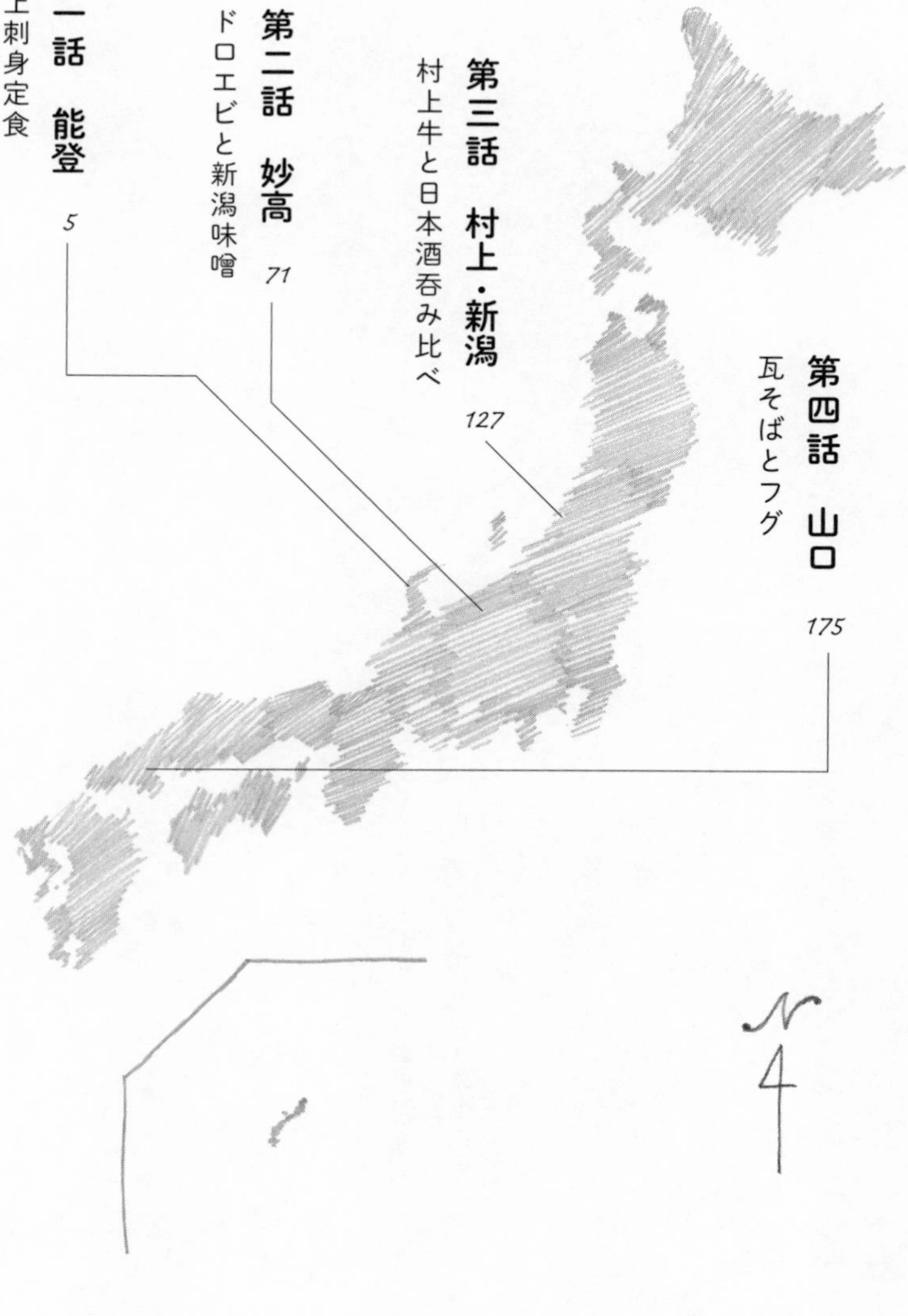

カバーイラスト　鳶田ハジメ
ブックデザイン　大原由衣

第一話　能登

――極上刺身定食

第一話

七月第二週の土曜日、梶倉日和《かじくらひより》は足取りも軽く羽田《はねだ》空港に到着した。

日和は都内在住、事務用品販売を手がける『小宮山《こみやま》商店株式会社』に勤めている。就職して七年目、入社当初は人見知りが激しい上に、要領も極めて悪かったために上司に叱られてばかりだったが、社長である小宮山政夫《まさお》のすすめでひとり旅をするようになったおかげで、考え方や行動が少しずつ変わり始めた。当初は自他ともに認める『人見知り女王』だったけれど、一年、二年過ぎるうちに『人見知り王女』となり、今では初めて会った人に人見知りだと言っても、自分でそんなふうに言う人が本当に人見知りだったためしがない、なんて笑われるぐらいになっている。

自己弁護を承知で言えば、人見知りが悪いことばかりなんて思わない。だが、誰かと話すたびに言葉に詰まるとか心臓がドキドキしすぎるのとかは困る。速やかな業務進行という意味で、過度の人見知りを克服できたのは喜ばしいことだった。

そんな大きな成果を得たひとり旅だったが、ここ数年、気楽に旅を楽しめない状況が続いた。さらに、もしかしたら私は嫌なことから逃れるためだけに旅をしているのではないか、という疑いが生じて旅から足が遠のいたこともあった。

それでも、キャリーバッグをしまい込む日々が続いたあと、逃げ出したくなるようなことはひとつもなかったにもかかわらず、旅に出たくなった。

極上刺身定食

能登

今、本当に見たいものはなにか、と熟考して選んだ旅先は四国。そこで日和は、私はやっぱり旅が好きだと痛感し、また旅に出ることにしたのである。

ところが、宮崎、鹿児島を最後に日和は旅に出ていない。出られなくなったというほうがより事実に近い。原因は前回のように心情によるものではなく、概ね経済的な問題だった。

——このままじゃまずいよね……

クレジットカードの引き落としがあった日、預金残高を見た日和は、深いため息を吐《つ》いた。

日和は高給取りというわけではないが、実家住まいだったおかげで、それなりに欲しいものを買っていたにもかかわらず、なんとなくお金が貯まっていた。

だが、旅というのはなにかとお金がかかる。旅先で美味《おい》しいものに出会うと家族にも味わってほしくなってついつい買ってしまう。もう二度と来られないかもしれないと思うと、それまで興味がなかったテーマの博物館に入ったりもする。そんな旅を何年も続けていれば、お金が貯まるわけがない。

さらに、いつまでも親に頼っているのはいかがなものか、という思いもある。いい大人なんだから、生計は自分で立てるべきだろうと……

そう考えた背景には、麗佳《れいか》夫婦と吉永蓮斗《よしながれんと》の存在があった。

初めてのひとり旅で出会った吉永蓮斗はなんだか気にかかる人で、金沢《かなざわ》で再会し、同僚の麗佳の同級生だと知ったときは運命を感じた。その後も、偶然や麗佳のお膳《ぜん》立てで一緒に過ごすうちにどんどん気持ちが傾いていく。

第一話

麗佳はあの手この手で背中を押しまくってくれるし、少なくとも嫌われてはいないと思う。けれど、一緒に小田原城《おだわら》に出かけたこともあるし、旅から帰った日和を空港まで迎えに来てくれることまでありながら、蓮斗はなにも言ってくれない。自分から交際を申し込むなんて恐くてできるはずもなく、友だち以上恋人未満、という関係がずっと続いているのだ。

そんな中、日和は徐々に彼らの経済観念が気になり始めた。

麗佳夫婦の家で開かれたお土産宴会で聞いた話によると、麗佳夫婦は結婚式のみならず、すべての費用を自分たちで払ったという。自分の結婚式代を自分で払うのは当たり前、だからこそ払える範囲の式にしたのだと笑う麗佳夫婦に、蓮斗もしきりに頷《うなず》いていた。

三人は同級生だから年齢も同じ、結婚するまではひとり暮らしだったことも同じだ。それでもしっかりお金を貯めていたし、今なお将来に向けて決まった額を貯蓄し続けている。三人とも『欲しいものはお金を貯めてから買う』がポリシーだそうだ。

実家暮らしで、残ったら貯める程度の意識しかなかった日和は、恥じ入ってしまった。

——だめだ……もっとお金の使い方を考えて、しっかり貯めていかないと！

そして日和は、過去の給与明細と首っ引きで貯蓄計画を立てた。貯蓄分を先に取り、残った分を旅費として別に積み立てる。旅に出るのは費用が貯まってから、というスタイルに変更したのである。

それからおよそ八ヶ月、貯蓄は順調に増えつつある。賞与のおかげで、旅費も貯まった。一番旅に出たくなるのは旅から帰る電車の中、という日和にとって、二回から三回分の旅費のストックは最低ラインだ。これだけあれば、あとは『使いながら貯める』を続けていける。素晴らしい背中を見せてくれた麗佳たちと、賞与をはずんでくれた社長には感謝しかない。

ここしばらく、テレビやネット動画で素敵な風景や美味しそうな食べ物を見るたびに、行ってみたくてうずうずした。それでもひたすら我慢を続け、ようやく旅を再開できた。

それなのに、よく頑張った！　と自画自賛で辿《たど》り着いた空港で日和を待っていたのは、出発案内に記された『遅延』という文字だった。

――ようやく旅に出られるようになったのに、いきなり遅延⁉　なんだか前途多難って感じ……

遅延の理由は到着便の遅れだったけれど、なぜ遅れたまではわからない。悪天候が理由でないことを祈るばかりだ。なんといっても今回は一泊二日、滞在時間およそ三十時間という旅だ。一分一秒でも長く現地で過ごしたいし、飛行機の発着が難しくなるような悪天候も勘弁してほしかった。

羽田空港は、飛行機の乗員数が少なければ少ないほど搭乗口が遠くなる。おそらく能登《のと》便も保安検査場から相当離れているはず、と覚悟していた。だが今回の飛行機は延々歩いた上に、そこからまたバスに乗って飛行機まで運ばれるという『遠島』ぶり。バスの中で『ドナドナ』を歌いたくなってしまう。

けれど、かわいそうな子牛と違って日和は旅行をするだけである。そこまで悲痛になることはない、と気を取り直して乗り込んだ飛行機は、前後左右斜めに至るまですべて空席という素晴らしさだった。そんなに人気がないのか、能登……と一瞬不安になったが、人混みが苦手な日和にとって『ガラガラ状態』ほど望ましいことはない。素直に感謝することにした。

飛行機が『のと里山《さとやま》空港』に着陸したのは、午前十時五分だった。出発は予定時刻より二十分、

第一話

到着は十五分遅れだったが、飛行時間が一時間しかない中で五分繰り上げるというのは、けっこう大変なことではないか。少しでも乗客に迷惑をかけないように、と頑張るパイロットの姿が目に浮かぶ。車ならアクセルを踏み込むけれど、飛行機はなにをどうすれば加速するか見当もつかない。とにかく、『お疲れ様、ゆっくり休んでね』と伝えたい気持ちでいっぱいだった。

飛行機を降りるなり早足でレンタカーカウンターに向かう。

旅先での移動手段は悩みどころだった。

前回の宮崎、鹿児島では車を借りたのだが、とにかく走りっぱなしだった。帰宅してから両親に話したところ、あまりにも移動距離が長くて呆《あき》れられたし、もうちょっと行程を考えろ、それでは全然楽しめなかっただろう、とまで言われた。だが、二泊三日で行きたい場所を全部回ろうと思ったらそういう行程にせざるを得なかったし、海沿いのドライブは爽快《そうかい》だった。本人が満足しているのだからそれでいいじゃない、と言い返しはしたが、次の旅はもう少しのんびりしたいと思ったことも確かだ。

そんなこんなで、今回は一泊二日かつ訪問予定地はふたつに絞り込んである。それぐらいなら電車とバスでいけるのでは？　と考えて調べてみたのだが、なんと空港から直接目的地まで行く電車はおろかバスすらなかった。

いったん最寄り駅に出るしかないが、さすがに時間も経費もかかりすぎるのか、ホームページのアクセス案内には『タクシー一時間』という容赦ない文字が並んでいた。タクシーの運転手さんとはいえ、見知らぬ他人と一時間というのは日和にとって苦行そのものだ。それに、一時間のタクシー料金なんて想像するだけでも恐ろしい。それなら車を借りたほうがマシ、とレンタカーを予約したのは間違いではないだろう。

一緒に降りた客が途中のトイレに次々と入っていく。これからの移動に備えてのことだろうが、日和は余裕で通過。なんとか機内で済ませることができたからだ。

一時間のフライトはとにかく忙しい。遅れていたせいもあったのだろうけれど、乗り込むやいなやベルト着用サインが点灯、離陸態勢に入る。小さな機体だけに軽々と離陸、順調に高度を上げてようやくサインが消えたと思ったらドリンクサービスが始まる。アテンダントさんの邪魔になるし飲み物だって楽しみたいから席を立てず、ようやく終わったと思ったら着陸態勢に入ってまたベルト着用サインが点灯……トイレに行ける時間は十分、もしかしたら五分ぐらいしかないかもしれない。その忙しさを縫って日和は用を足した。なぜなら、レンタカーを借りる場合、着陸してからではやっかいなことになりかねないとわかっているからだ。

以前、トイレに寄っていたせいで車を借り出すのに三十分近くかかったことがある。今回のように空港からの交通手段が限られる場合は特にカウンターが混み合っていそうだ。もたもたしていて貴重な時間を失うのは避けたいところだし、運転中にトイレに行きたくなるのもやっかいだ。すべてを抜かりなく迅速に、というのが短い旅の鉄則だった。

――旅を繰り返したおかげで、要領の悪さも少しましになったみたい。ひとり旅ってやりたい放題できていいんだけど、こういうところはちゃんと考えて動かないと、あとが大変になるばかりだもん……

第一話

失敗は成功の母、人生の糧ではある。けれど、どれだけ準備しても失敗するときは失敗してしまうのだから、避けられる失敗は避けるべきだ。特にトイレのタイミングなんて些細《ささい》な問題は……というのがここ数年のひとり旅から日和が学んだことだった。

日和は二番目にレンタカーカウンターに並ぶことができた。前にいる人の手続きはほとんど終わっているようだし、これならすぐに日和の番になる。インターネットで予約しているから手続きは最小限、あとはナビに目的地をセットして出発するだけである。

車に案内してくれたお兄さんはとても親切だった。わざわざドアミラーの格納スイッチがある場所まで教えてくれたのだ。エンジンのかけ方やナビの操作、給油口の開け方を教えてもらうことはたまにあったけれど、ドアミラーにまで言及されたことはない。平置きの駐車場なら出しっぱなしでもなんとかなるが、タワー式の駐車場はドアミラーを格納しなければならない場合が多い。格納スイッチの場所がわからずにあたふたしがちな日和にとって、ありがたすぎる説明だった。

「準備ができましたら出発なさってください。ゆっくりで大丈夫ですからね」

では私はこれで、とお兄さんは建物の中に戻っていく。ふと見ると、受付カウンターには長い列ができている。戻ってすぐに次の利用者を案内するのだろう。忙しいのにあんなに丁寧に説明してくれた上に、慌てて出て行かなくていいと言ってくれるなんて、もはや感動レベルだ。

——なんていい人！　レンタカー屋さんが親切だとそれだけでいい旅になる気がするよね！

最初が肝心とはよく言ったもの、あのお兄さんのおかげで能登のイメージは『爆上がり』だった。

極上刺身定食

能登

午前十一時二十五分、日和は今回のメイン目的地である『のとじま水族館』に到着した。

いきなりメイン？　と首を傾げられそうだし、母には『あんまり聞いたことないけど、そんなにすごい水族館なの？』なんて失礼極まりないことを言われたが、紛れもなくメインである。

なぜなら『のとじま水族館』にはジンベエザメがいる。日本でジンベエザメを飼育している水族館のうちで日和が唯一訪れたことがないところ、それが『のとじま水族館』だった。

大阪の『海遊館《かいゆうかん》』を皮切りに、沖縄の『美《ちゅ》ら海《うみ》水族館』、鹿児島の『いおワールドかごしま水族館』も訪れた。もう十分ジンベエザメは見ただろう、と呆れられるかもしれないが、三ヵ所で見たことでよけいに四ヵ所目が気になり始めた。

『のとじま水族館』は石川県七尾市《ななお》にある。以前訪れた金沢市と同じ県ではあるが、金沢と能登は雰囲気がかなり異なるし、輪島《わじま》の朝市も有名だ。いろいろな県を旅して全国制覇を目指したいけれど、同じ県に二度行ってはいけないなんて縛りはない。とりあえず全国制覇よりジンベエザメ制覇が先だ、と能登旅行を決めたのである。

——日本でジンベエザメを飼育している水族館を全部回った人ってそんなにいないんじゃない？ジンベエザメコンプリート、これぞ水族館オタクって感じよね！

全国に何人いるのだろう。もしかしたら百人もいないかも、と思いながら駐車場に車を停める。途中で寄ったコンビニも含めて走行時間は五十分だった。

ロスタイムがないようにトイレのタイミングまで気にしていたのに、たかだか五十分のドライブで寄り道したのかと言われそうだが、明確な理由があってのことだ。

第一話

これまで散々あちこちを旅した。あらゆる観光施設に行きまくって知ったのは、その場に着いてから入場券を買うのはお得じゃないという現実だ。たいていの観光施設はインターネットやコンビニで入場券を販売している。

あらかじめ入場券を確保していれば入場制限などにひっかかる確率が下がるし、少しはお得に買える。缶ジュース一本買えるかどうかという金額にしても、できれば安く買いたいという気持ちは否めない。事前購入しておいたほうが便利に違いないが、ネット購入は夏休み以外に割引がなく、やむなく途中のコンビニで買ってきた次第である。

財布からチケットを出しながら歩いて行くと、入り口に行列が出来ていた。

——そうそう、チケットを買うために並ばなくていいっていうのも利点よね……って、これ入り口で交換しなきゃ入れないやつだ！

チケットをよく見ると『入場引換券』の文字があった。結局並ぶのか、とちょっとがっかりしたものの、日和が窓口に着くタイミングでなぜか急に行列が途絶えた。それどころかチケットを買った人たちが早足で入館していく。何事かと思ったら、ちょうどイルカショーが始まる時刻だったらしい。

目的はジンベエザメだから、イルカはそれほど……と思っていたはずなのに、『イルカショーはこちらでーす』というお姉さんの声で、なんとなく会場に向かう。『こちらでーす』を無視して進むほどイルカが嫌いではない。水族館の規模から考えても全部見るのに大した時間はかかりそうにないし、行ってみたら空席がたくさんあった。雲はたくさんあるけれど合間から青空も覗《のぞ》いているし、海を渡ってくる風が気持ちいい。休憩がてらイルカを見るのもいいだろう。

――イルカってこんなに小さかったっけ？　……ってか、すごいな、踊ってる……

この水族館のイルカがほかに比べてすごく小さいわけではない。おそらくシャチやジンベエザメばかり見ていたせいで、小さく見えるだけだろう。それより驚いたのは、イルカが曲に合わせてダンスをしていたことだ。しかも、ただのダンスではなくアシカと一緒に踊っているのだ。

イルカショー自体は全国各地の水族館でおこなわれている。調べたわけではないが、イルカを飼育していてショーがない水族館を探すほうが難しそうだ。観客により楽しんでもらおうと考えついたのがアシカとの共演だったのかもしれない。

ステージ上のアシカと水中から頭を出したイルカが一緒にゆらゆら揺れている。事前に説明されていなければダンスとは認識できなかっただろうし、いずれも水中を動き回れる生き物なのだから、ダンスも水中でやればいいのに、と思わないでもなかったが、なんだか両方とも楽しそうに見えるからこれはこれでいいのだろう。

水族館でおこなわれる各種のショーを動物虐待と捉《とら》える人もいる。餌でつって自然界ではありえない動きをさせるのはひどい、それ以上に、水族館の水槽に閉じ込めること自体が虐待だと……

水族館オタクを自任する日和も、水族館に来るたびに複雑な思いに駆られる。水族館だけではなく、動物園も同様で、水槽の中や柵《さく》の向こうにいる生き物を見るたびに「あんたたち幸せ？」と訊《たず》ねたくなる。そして、彼らの訃報《ふほう》に触れたとき、自然界にいたらここまで長生きできなかったかもしれない、と胸を撫《な》で下ろす。長生きすなわち幸せとは限らないけれど、少なくとも彼らの成育に

第一話

相応《ふさわ》しい環境が整えられているということだ。必要不可欠な環境を知ることで、自然界にいる彼らの仲間も救える、迂闊《うかつ》に自然を壊すことがなくなるはず、と信じるほかなかった。

楽しそうに見えるからといって本当に楽しんでいるとは限らない。そもそも楽しそうと思ってしまうこと自体が人間のエゴかも……などと思いつつ、日和はイルカショー会場をあとにした。

イルカショーのあと、館内に戻る途中にペンギン広場があった。

ペンギンは嫌いではない。むしろ大好きと言っていいほどだが、日和の場合、長く見るためには条件がある。それは、屋内かつ観覧通路と飼育場所がガラスできちんと隔てられていることだった。

屋外、しかも人慣れしているのか、ペンギンたちは柵のすぐ近くにいる。もしかしたら手を伸ばせば触れられるかもしれない。それだけに、彼らの餌が放つ香りが濃厚すぎる。動物園よりも水族館が好きだと思う最大の理由が匂いにある日和としては、長居できない環境だった。

——うー……かわいい、かわいい、かわいい！　もっと見ていたい！　でもごめん、無理！

ちらっと見るだけで通り過ぎ、本館に入る。

本命は本館の向こうのジンベエザメ館だが、時間もあることだし本館にある『のと海遊回廊』なる大水槽を見ておきたかったのだ。

様々な種類の魚が回遊する水槽は、自分が海の底にいる気分になれて素晴らしい。実際に海の中でこんな魚の大群に出くわしたら恐怖でしかない。特に不気味な裏側を見せつつ我が物顔に泳いでくるエイには、思わず後ずさりしそうになる。けれど、それはそれで一興、あんたも一度、自分の裏側がどんなふうか見たほうがいいよ、とてもじゃないけど威張れたもんじゃないから、なんて心の中で説教しながら観覧するのである。

ところが、自分の容姿に興味ゼロのエイを見てやろうと思って行ってみたのに、回廊にエイはいなかった。どうやら『大物』はまとめてジンベエザメ館の水槽にいるらしい。そういえば、ジンベエザメの水槽にはたいていエイもいる。エイが回廊タイプの水槽を我が物顔に泳ぎ回っているのは、ジンベエザメがいない水族館限定だったな、と苦笑しつつ、魚の群れを見る。

トンネルではなく八角柱タイプなのが意外だったが、小魚のトルネードは圧巻で、思わず口がぽかんと開いた。そのまましばらく見ていたあと、スマホの撮影モードを動画に変える。写真では伝えきれない迫力を動画に残しておきたかった。

イルカとアシカのダンスと小魚の群舞のあと、日和が向かったのは『イルカたちの楽園』だった。イルカショーは見たものの、大半はジャンプ中やステージに乗り上げた姿ばかりだった。ジンベエザメの前に、ハイスピードで泳ぎ回るイルカの姿を見ておきたくなったのだ。

そして行ってみて気がついた。確かホームページでトンネルタイプの水槽を見た覚えがある。海遊回廊が八角柱タイプだったから、よそと勘違いしたのかと思っていたが、やっぱりトンネルタイプの水槽はあった。この水族館で裏側を見せて威張っているのは、エイではなくイルカだったのだ。

エイの裏側は何度も見ているが、イルカの裏側は経験がない。これはレアだ、とじっくり観賞しようと思ったが、スピードが速すぎて観察どころじゃない。それに、イルカの裏側はあまり面白くない。多少不気味でもエイのほうが『観察しがい』があるというものだ。

――ずっとあのスピードで泳ぎ続けるなんてすごい。そりゃあ勢い余って水の上に飛び出したり

第一話

もするよねえ……

イルカは自然界でもジャンプをする。イルカウォッチングに行った人の動画を見たことがあるが、誰に命令されたわけでもないのにぴょんぴょん跳んでいた。ショーのために覚えさせたわけではなく、本能的なものなのね、と思うとちょっとだけ安心できた。

その後、『いよいよ感』たっぷりにジンベエザメ館に向かう。『青の世界』という名前のとおり、水槽の前に立つと視界全部がブルーに染まる。

巨大な水槽の中をジンベエザメが泳いでいく。その悠々とした姿は日和にとってはもはやお馴染《なじ》みのはずなのに、見るたびにちゃんと驚いてしまう。

目の前のジンベエザメは『美ら海水族館』や『海遊館』とは比べるべくもなく、もしかしたら『いおワールドかごしま水族館』のものよりも小柄かもしれない。それでもやっぱりジンベエザメは大きい。水槽にいること自体が不似合いなサイズとしか言いようがなかった。

水槽の大きさゆえか、あるいはたまたま掃除をする直前だったからか、水が濁っていて、少しだけ残念に思ったものの、とにかく国内ジンベエザメコンプリートは達成した。

その時点で時刻は午後一時、六時半に朝ご飯を食べたきりなのでさすがにお腹が空《す》いた。場内案内図によると、イルカショーの会場の向こう側に食堂街があるらしい。いったん外に出ることになるが、再入場は可能なので行ってみることにした。

能登は魚が美味しいことで有名だ。特にここは目の前が海なのだから、さぞや美味しい海鮮料理があるはずだ——そんな期待とともに行ってみた食堂街は海のそばの観光地というよりも高速道路

極上刺身定食

能登

のサービスエリア、しかも休憩所やレストランの建物の前の売店みたいな雰囲気だった。道に沿って店が並んでいることや、提灯《ちょうちん》が飾られていることもあるのだろうが、扱っている料理がうどんやラーメン、フライドポテトに唐揚げといったお馴染みの食べ物がメインだったからかもしれない。

子どもがたくさん来る場所だから、子どもが好きそうなものを並べているのだろう。ラーメンも唐揚げも嫌いじゃないけど……と思いつつ、いくつかの店を通り過ぎる。もうあと二店しかない、となったとき、ようやく海鮮料理の店を見つけた。ホワイトボードに書かれた値段は、いずれも極めてリーズナブルで、日和は大喜びでその店に入ることに決めた。

入店してすぐに、奥のほうから『消毒お願いします』という声が飛んでくる。そうね、消毒は大事だよね、でももうちょっと優しく言ってくれてもいいんだけど……と思いつつも素直に消毒液のボトルをプッシュ。手を擦り合わせながら、空いていたテーブルに座った。

――漁師の店か……みんな海鮮丼を食べてるから、おすすめなんだろうな……って、メニュー多過ぎ！

品書きには、地物朝どれ、漁師盛り、並、極み、炙《あぶ》り、と何種類もの海鮮丼が並んでいる。お子様向けのメニューもあるし、カレーには魚フライやエビフライをトッピングすることもできる。獲《と》れたての魚だから、どれも間違いない味とわかっているだけになかなか決められない。

どうしよう……と思ったとき、目についたのは『日替わり定食』の文字だった。

日替わり定食は、魚フライ、エビフライ、刺身の三種類。刺身定食なんていつから食べていないだろう。白いごはんとお味噌《みそ》汁、漬物、刺身の盛り合わせと小鉢、という定食はものすごく魅力的に思える。しかも値段が極めてお値打ちだ。

揚げたての魚フライに少し心が揺れたが、ここはやっぱり生魚、と日和は刺身定食を注文することにした。

なんとか気付いてくれないかな、と期待たっぷりに見守るが、お店の人は忙しく動き回るばかりで注文を取りに来てくれない。大きな声を出すのはちょっと……と思ったとき、入り口の脇に券売機があるのを見つけた。

なんだ、食券式だったのか。それなら注文を取りに来てくれないのも当たり前、と席を立ち、食券を買いにいく。すぐ前に食券を買った人がそのままカウンターに向かった。食券式の王道だ、と頷きつつ食券を出しに行き、ようやく席に戻る。

定食は十分ほどで運ばれてきた。

花みたいな形のお皿に刺身が盛られ、レモンが添えられている。それぞれは一切れずつだが、種類が多いので量は十分だ。ただ悲しいことに魚の種類がわからない。タコとサーモンは辛《かろ》うじてわかったけれど白身魚はお手上げである。

説明書きでもあればなあ……と思いかけて苦笑する。マグロやアジといった一般的な魚ならまだしも、漁師さんが獲ってくる地魚は、知らない名前ばっかりだろう。おまけに魚は地方によって呼び方が変わることも多いから、聞いたところでわからない。

美味しければいいのよ、と諦《あきら》めて、手前の左端にあった白身魚を醤油《しょうゆ》につけて口の中に……

まず感じたのは新鮮な魚ならではの歯《は》応《ごた》え、そして安堵《あんど》だった。

極上刺身定食

能登

——能登のお醬油は甘口って聞いた気がするけど、そうでもない……

九州や日本海側では醬油が甘いことが多い。気候の影響かもしれないし、甘い醬油は白身魚によく合うから、白身魚がたくさん獲れるところでは醬油も甘いのかもしれない。だが、東京育ちの日和は甘くない醬油に慣れている。もしかしたら観光客が多いところなので、全国的によく使われている有名メーカーの醬油を使っているのかもしれない。それでも、旅先で新鮮な白身魚の刺身と甘い醬油の組み合わせに出会うたびに、いつもの醬油で食べたいと思っていた日和にとって、ありがたすぎる定食だった。

新鮮な魚ときりっとしたしょっぱさの醬油、刻み海苔《のり》がのったごはんと温かい味噌汁。切り干し大根の煮物、鮮やかな黄色のたくあんまでペロリと平らげ、日和は大満足で食事を終えた。

——元気回復！　さて、次はどうしようかな……

時間にはたっぷり余裕がある。今回は『のとじま水族館』と『輪島の朝市』だけ見られればいいと思って出かけてきた。もっと言えば、『輪島の朝市』はもともと頭になかった。

父に、『のとじま水族館』なら輪島とそんなに離れていないから、ついでに朝市を見てきたらどうだ、とすすめられなければ、予定に入れなかった。もしかしたら和歌山の『アドベンチャーワールド』のときのように、朝一番の飛行機で来て、最終便で帰るという弾丸ツアーをたくらんでいたかもしれない。

いずれにしても本日の宿は輪島に取った。朝市は朝にならないと見られないのだから、息せき切って駆けつけることもない。

ふたつしかない目的地の片方はクリアしてしまったし、美味しいお刺身も食べた。時間はたっぷりあるのだから、水族館に戻ってもう一回りするか……と歩き出そうとしたとき、反対側に向かっていく親子連れが見えた。

お父さんと小学校低学年ぐらいの男の子、お父さんはクーラーボックスを担いでいる。「今日はなにが釣れるかなー」なんて声も聞こえるから、これから釣りに行くのだろう。

そういえば水族館のホームページに『海づりセンター』についても書かれていた。手ぶらで来ても釣りが出来るとの触れ込みだったが、釣った魚を持ち帰るのにクーラーボックスがいるということだろう。

釣りの趣味はないが、どんな魚が釣れるのかは気になる。『海づりセンター』は目と鼻の先だから、行くだけ行ってみるか、なんて軽い気持ちで親子連れについていく。雲の切れ間に覗く青空は清々《すがすが》しく、頬を撫でる風も心地よい。そのときの日和はくつろぎの頂点、気まぐれに親子連れの後を追ったことが、あんな事態に発展するなんて思いもしなかった。

第一話

十五分後、日和は果てしない後悔の中にいた。

『海づりセンター』の入り口で呑気《のんき》に案内板を読んでいた日和は、係員の人に、水族館に入った人には割引があるとか、釣りなんて全然難しくないとか言葉巧みに誘われ、断れなかった。あれよあれよという間にライフジャケットと餌を渡され、釣りに挑戦することになってしまったのである。

熟練漁師といった感じの係員は客の捕獲と受付担当らしく、そのまま日和を連行し、釣りコーナーのお兄さんに引き渡す。捕獲、連行、引き渡すという物騒な言葉が次々出てくるほど、絶望的な気分だ。

お兄さんはこれまたご機嫌で言う。

「釣りをしたことはありますか？」

「初めてです……」

「やってみると楽しいですよ。ここで釣りをして、すっかり嵌《は》まっちゃった人もいるぐらいです」

「釣れるでしょうか……。私、やり方だって全然わからないのに……」

「大丈夫。針に餌を付けて垂らすだけです。あ、餌を溶かしましょう」

溶かす？　と首を傾げている間に、お兄さんは日和が持っていた餌を洗い場に持っていき、ザバザバと水をぶっかける。解凍されて出てきたのは小さなエビだった。

「はい、OKです。これを針に付けて、あのあたりで垂らす。あとは、待ってるだけです」

――『待ってるだけ』なわけがないでしょ、竿《さお》の先をずっと見てなきゃならないし、浮きが動いたら釣り上げなきゃならないんでしょ？　釣れるとは思えないけど、万が一釣れたらその魚をどうすればいいのよ！

海から上がったばかりの魚は当然生きている。ピチピチ跳ね回る魚を摑《つか》んで針を外す。持って帰るなんて論外だから海に帰すことになるが、日和にうまく外せるわけがない。四苦八苦した挙げ句に瀕死《ひんし》の重傷で放したところで、魚にとってはなにも嬉《うれ》しくないという感じだった。

けれど、にこにこ顔のお兄さんにそんなことが言えるはずもなく、日和は肩を落としたまま釣りスポットに向かう。穏やかな内海の上にかけられた桟橋から釣りを楽しめるとあって、小さな子どもの姿もたくさん見られる。誰もが楽しそうで、いわゆる『ドナドナ』状態なのは日和ぐらいだ。

すべては『断れない性格』の産物、人見知りをほぼ克服した今、次なる目標は『ノーと言える私』かもしれない。

第一話

さっきの親子連れはすでにセッティング完了、子どもは立ったまま、お父さんはクーラーボックスに腰掛けて糸を垂らしている。どうやらあのクーラーボックスは、釣果入れ兼椅子だったらしい。

確かに長い時間釣りをするなら、椅子は必要だ。なにより、立ったままとかしゃがんだ姿勢で糸に餌を付けるのは難しすぎる。初心者かつ微妙に強くなり始めた風の中、日和は途方に暮れまくる。

それでも料金まで払ったのだから、一回ぐらいはやってみようと小さなエビを手に取った。お兄さんは針が見えなくなるように、と教えてくれたけれど、どう見てもエビより針のほうが大きい。

無理難題を何連発すれば気が済むのか、とブツブツ言いながら針に刺そうとした瞬間、指先に鋭い痛みを感じた。針が小さいせいか、鋭いものの激痛ではなく、ほとんど出血もしなかったのが救いだった。

――もうやだ……釣りってなんだか楽しそうだし、性格的に向いてるかもしれないと思ってたけど大間違い。やってみてわかった。今後は釣り竿には触らない！

釣り竿というよりも餌と針だな、とは思う。たとえば、ちょっと離れたところにいる親子連れのように、お父さんが餌まで付けてくれて渡してくれたら、竿を持っていることぐらいはできる。もう少し気温が低くて、日陰で、風が弱くて、椅子か寄りかかれるような柵でもあれば、浮きの監視を楽しめたかもしれない。ついでに、釣れた魚をその場で料理して食べさせてくれるなら……

そこまで考えて、日和は笑いだしそうになった。

つい最近、動画でそれが全部叶《かな》えられる居酒屋の紹介を見たばかりだ。釣り堀と居酒屋を合わせたような店で、屋内に設置された水槽で釣りをして、釣れた魚を料理して食べさせてくれる。十中八九釣れるし、そもそも魚の姿が見えているからそれだけで楽しい。

ジャケットの裾《すそ》がバタバタしまくるような強風の中、釣り糸の先に魚がいるかどうかわからない状態で待ち続けるのとは雲泥の差だ。

そもそも、釣りについてのファーストトライが単独での海釣りなんて暴挙すぎる。ひとり旅に慣れ切って、なんでもひとりで大丈夫と思いかけていた自分を戒めるばかりだった。

親子連れの先には、若い男女もいる。男の子はしきりに女の子の面倒を見ているし、自前らしきライフジャケットも着ているから、釣り好きの彼氏が彼女を連れてきたといったところらしい。

女の子は見るからに初心者で、日和同様、釣り針と餌に難儀しているものの、随所で彼氏のサポートを受けて楽しそうにしている。『ふたりでやればなんでも楽しい』の見本みたいなカップルだった。

女の子のキャーキャーいう声を聞きながら、蓮斗のことを思い出す。

彼は釣りをするのだろうか。なんでもそつなくこなす人だから、釣りだってやったことはある気がする。たとえ経験がなくても、ふたりならもっと楽しかっただろう。少なくとも日和は……

日和が宮崎、鹿児島の旅から帰ってきたとき、蓮斗は空港まで迎えに来てくれた。麗佳の事前情

第一話

報のせいで、心臓の音が聞こえそうなほどドキドキしていたが、蓮斗はまったくの平常運転。当たり前みたいな顔で『おかえりー』と片手を上げた。

わざわざありがとうございます、と言ってみても、通りすがりだよーなんて意味不明な言葉を返された。空港に通りすがることなんてある？　と呆れてしまったけれど、駐車場まで歩く間も、車に乗せてもらってからも、旅についての質問が相次ぎ、答えている間に家に到着。もしかしたら告白されるかも？　なんて期待していた日和は、大いなる肩透かしを食う結果となった。

その後も、連絡こそ頻繁に取り合っていたものの、今までとなんら変わらない日常が続いた。

お金を貯めたいから旅の頻度を少し下げるという話をしたときも、『将来に備えたい』という日和にしては精一杯の『匂わせ』を試みたのに、蓮斗は『すごく大事なことだね』と頷きはしたものの、ノーコメントに近い反応だった。

それでいて、旅を再開するとなったとたん、行き先や行った先でなにをするかについてありとあらゆるアドバイスをくれた。

宮崎、鹿児島の旅の行程を聞いて、それではほぼ一日中走りっぱなしだったはずだから、次の旅はもう少しのんびりしたら？　と言ってくれたのも彼だ。

遠くに行けば行くほど欲が出て足を延ばしまくった結果、『来た、見た、帰る』式の旅になりがちだ。それはそれで楽しいし、都心と違って渋滞が起きにくい道を走るのは爽快だけど、そろそろ違う旅の楽しみ方も試してみたら、と言われて、今回の旅程を組んだ。

目的地は『のとじま水族館』と『輪島の朝市』だけと聞いた蓮斗は、そうそうそういう感じ、と褒めてくれたが、やりとりはやっぱり旅のことばかり……詰まるところ、この人は私を旅仲間のひとりとしか思っていない、とがっかりしたのである。

麗佳は、日和以上に空港での告白劇を期待していたらしく、休み明けに出勤した日和からなにもなかったと聞いたとたん『あの甲斐性《かいしょう》なし！』と毒づいていた。だが、どうやら蓮斗は昔からそういうタイプだったようで、周りから見たら明らかに両思いであっても交際に至らないことが多かったそうだ。

浩介曰《こうすけいわ》く、このままで楽しいのになにかを変える必要はない、というのが蓮斗の持論だそうだ。

勇み足で関係を壊すぐらいならこのままでいい、というのは日和とまったく同じ考え方だ。相性がいいんだなとは思うが、これではなにひとつ進まない。こちらが踏み出す、もしくは、蓮斗が行動を起こす気になるような『事件』が必要だが、物事はそんなにうまくいくはずがない。

これまでの日和の人生同様、衝撃的なことはなにひとつ起こらないままに時だけが過ぎていったのである。

「お姉さん、引いてない？」

ぼんやり蓮斗のことを考えていた日和は、男の子の声で我に返った。さっきの親子連れの男の子がすぐそばまで来ている。どうやら釣りに飽きて、竿を置きざりに歩き回っていたようだ。

「え、あ、ほんとだ！」

浮きは確かに視界に入っていたはずなのに、まったく気付かなかった。『心焉《ここ》に在らざれば視れども見えず』とはこのことか、と慌ててリールに手をかける。だが、リールの巻き方がわからない。

第一話

ついさっき説明を聞いたばかりなのに、と慌てていると、男の子が手伝ってくれた。

「早く巻かないと！　ほら、こうやって……」

男の子はしきりに早く巻くよう促す。そして固まっている日和に気付いて、呆れ顔で竿を引き取ってくれた。

手慣れた様子でぐるぐるとリールのハンドルを回す。だが、引き上げられた糸の先にはなにも付いていない。魚どころか、頑張って付けたエビの影も形もなかった。

「あー餌、取られちゃったね」

日和の数倍残念そうに、男の子が竿を返してきた。さらに、日和が足下に置いていた冷凍のエビを見て言う。

「もう一回チャレンジする？　餌、付けてあげようか？」

君はさっき、お父さんに付けてもらってなかった？　と訊《き》き返しそうになった。だが、どうやら男の子はお父さんと同じように誰かの面倒が見たくなったらしい。明らかに初心者、リールの扱いすらわからない日和は、手ほどきする相手として打ってつけだったのだろう。

男の子と釣り竿、お兄さんが水をぶっかけて解凍してくれたエビを代わる代わる見る。風はますます強くなってきている。雨の気配はないが、初心者がのんびり糸を垂らすには厳しすぎる天気だ。とにかく一度はやってみた。もう十分、というか、とにかく今日は無理……と判断し、日和は撤退を決めた。

「ありがとう。でも、お姉さんはこれでおしまいにするわ」

「もう?」

男の子が不思議そうに日和を見た。自分たちのあとから来たことはわかっているし、餌はほとんど減っていない。これで帰るなんて信じられないのだろう。

「ごめんね。私にはちょっと難しかったみたい」

「そんなに難しくないよ。餌を付けて垂らすだけだし」

「そうなんだけど、時間もあんまりないのよ。この餌、よかったら使ってくれる?」

「いいの?」

「うん。またいつか機会があったらチャレンジする」

「わかった。ありがと!」

餌が入ったトレイを受け取った男の子は、ぴょんぴょんと跳ねながら父親のところに戻っていく。

おそらく事の経緯を報告したのだろう。話を聞き終えたお父さんが、こちらを向いてぺこりと頭を下げた。餌のお礼なのだろうが、お礼を言いたいのはこちらのほうだ。男の子が声をかけてくれなければ餌を譲ることも出来ず、針に指を刺されつつ半泣きで釣りを続けることになっていたに違いない。

——釣りは向いてない。それがわかってよかった……

やってみたからこそ言える。何事も経験だ、と自分を慰めつつ受付の建物に向かう。わずか二十分で戻ってきた日和を見ても、係員はなにも言わない。目が『あーあ』と言っているような気がしたのは、被害妄想というものだろう。

第一話

思いがけぬ体験をしたあと、今度こそ水族館に戻る。そのまま駐車場に向かってもよかったのだが、やはりもう一度ジンベエザメを見ておきたいと思ったのだ。

チケットを示して再入場し、ジンベエザメ館に入る。

ジンベエザメは相変わらずゆらりゆらりゆらりと泳いでいる。同じく『巨大水槽枠』に振り分けられたエイも尻尾《しっぽ》をフリフリ行ったり来たりする。我関せずに泳いでいるようで、時折反転して裏側を見せてくれるのは一種のサービスなのだろうか。だとしたら、水槽のガラス壁のギリギリを泳いでくれるジンベエザメも……

そんなわけないか、と苦笑しつつ、ジンベエザメの行方を見守る。

『いおワールドかごしま水族館』では、水槽に相応しくないサイズに育ったジンベエザメは小さめのジンベエザメと入れ替えているそうだ。ここでも同様の作業がおこなわれているに違いない。

一定期間水槽で過ごしたジンベエザメはつつがなく自然界に戻っていけるのだろうか、という疑問が頭を過《よぎ》ったが、そもそもほかの水中生物よりかなり大きい上に、水槽に収まりきらないほど育っている。多少まごまごしてもほかの生物に危害を加えられる恐れは小さいはずだ。

やっぱり一番の敵は人間なのかな……と考えた日和は、そこで嫌なことに気付いた。

ここにいるのは偶然網にかかったジンベエザメばかりだろう。もっと言えば、入れ替えが必要なタイミングでまんまと網に引っかかってしまった運の悪いジンベエザメ、ということになる。

――人工飼育で生まれたジンベエザメなんて聞いたことがない。つまり、ここだけじゃなくて、水族館にいるジンベエザメは軒並み運が悪いってことになるよね。そんな運の悪い生き物を大喜びで眺めている私って……

偶然目にしたのではなく、あえてそのために飛行機に乗ってやってきた。ジンベエザメコンプリートは悪運コンプリートだったのか、と脱力してしまう。道理でやったこともない釣りに単独で挑むなんて苦行を強いられるはずだ。

これも一種の自業自得か、と苦笑しつつ出口に向かう。それでも、日本中のジンベエザメを見られたし、お刺身定食も美味しかった。なによりあの男の子と話すことが出来た。

持て余した餌を押しつけただけなのに、あんなに嬉しそうにお礼を言われて申し訳なくなるほどだったけれど、あれはあれでウインウインというやつだろう。

無理やりのように自分を納得させ、日和は駐車場に向かう。

本日の宿がある輪島まで車でおよそ一時間、午後のドライブにはほどよい道のりだった。

午後五時、日和はようやく眠りから覚めた。

ホテルにチェックインしたのは午後三時半、そのままベッドに入ってしまったから、一時間半も寝ていたことになる。始発の飛行機に乗るために早起きしたばかりか、二十分とはいえ桟橋で強風に吹かれまくって釣りをしたのだから無理もない。

泳いだあとにぐったりすることはよくあるが、ただ風に吹かれただけでもあんなに疲れるなんて反則だ、とは思ったけれど、慣れない釣りで緊張を強いられたせいもあるのだろう。

運転している間にも眠気に襲われ、やむなく途中のコンビニで眠気覚ましのコーヒーとミントタ

第一話

ブレットを買い込み休憩を取った。ホテルまであと十分という場所で休憩するなんて、とは思ったけれど、抗《あらが》いがたい眠気に危険を感じて停まらずにいられなかった。コーヒーとミントタブレットは目を覚ましてくれたけれど、効果は短く、信号待ちのたびにミントタブレットを口に放り込まざるを得なくなった。

そんなこんなで『命からがら』ホテルに到着、そのまま爆睡してしまったのである。

——まあ、事故を起こさずに着けてよかった。飛行機は移動時間が短くて済むし、キャンペーンで安く乗れることもあるけど、レンタカーと組み合わせるときはあんまり早起きしなきゃならない便は考えものだよね……

どんなものにも一長一短がある。すべてが完璧《かんぺき》ならほかの手段は存在し得ないとわかっていても、旅の随所で後悔と反省が繰り返される。だが、それも成長の一助になるはず、と自分に言い聞かせる。

いずれにしても、晩ご飯をなんとかしなければならない。外に食べにいこうとスマホで検索したところ、出てきたのはやはり海鮮料理、もしくはラーメンのお店ばかりだ。

能登に来て海鮮料理を楽しまない手はないということだろうけれど、昼に刺身定食を食べたし、明日のランチで行きたいと思っているのも新鮮な魚が食べられることで有名なお店だ。

いわゆる『割烹《かっぽう》』に類するお店なので、夕食では手が届かないがランチならなんとか、と選んだお店だから、美味しい魚を堪能《たんのう》するためにも今夜は別のものを食べておきたい。

それならラーメンにしよう、と決めて起き上がる。だが、何気なく外に目をやった日和は、再びベッドに倒れ込んだ。

窓ガラスに水滴が付いていた。能登島で遭遇した強風は、輪島まで雨雲を運んだらしい。海風に吹かれた疲れはまだ抜けきっていない。行こうと思ったラーメン屋さんまでは歩いて十五分、口コミの評判はいいし、写真もとても美味しそうなのに、雨の中を歩いて辿り着く元気がない。おまけに、もうコンビニでいいや、と思って調べてみたら、一番近いコンビニはラーメン屋さんと同じぐらい歩かなければならないことがわかった。こんなことなら来るときに寄ったコンビニで夕食を買っておけばよかったと思っても後の祭りだった。

――どうしよう。ミントタブレットは目を覚ましてくれても、お腹の足しにはならないよね。あ、でも確かホテルの中にもレストランがあったはず……

たぶん部屋にパンフレットが置かれているはず、と探してみると、確かにあった。やはり海鮮料理がメインの店らしいが、唐揚げや炒飯《チャーハン》もあるようだ。しかも、『テイクアウトOK』という文字が添えられている。

――まずお料理を注文しておいて、その間にお風呂《ふろ》に入る。お料理を受け取ったついでに自販機でビールをゲット、完璧だ！

このホテルには大浴場がある。レストランと大浴場は同じ階にあるから、レストラン、大浴場、レストランという順番で巡ればいい。ラーメンも食べたかったが、唐揚げと炒飯も悪くない。しかも湯上がりで冷たいビール付きなんて幸せすぎる。

これで雨の中を歩く必要はなくなった。朝市会場に近くて駐車場がついているから、と選んだホテルは大当たり、日和は早速お風呂に入りに行くことにした。

四十分後、日和は上機嫌で部屋に戻った。

タオルや着替えに加えてテイクアウト料理、ビールの缶まで抱えて大変だったが、レジ袋から立ち上る香りに励まされ、なんとかすべてを無事に運び込んだ。

タオルや着替えの始末は後回しにして、とにもかくにもビールのプルトップを開ける。

――あーーーーーっ！　もう最高！　温泉とビールの相性の良さといったら、もうあんたたち結婚しちゃいなさい！

なんだそれ、と自分でも首を傾げつつ、テイクアウトの包みを開ける。

炒飯と唐揚げ、唐揚げにはフライドポテトも付いている。日和は、ホテルで食べるコンビニ飯は嫌いではないし、道後《どうご》温泉のときみたいな『食べ歩かない食べ歩き』も楽しかった。それでもやはり、出来たての料理には勝てない。ホテル内のレストランで当たり前みたいにテイクアウトできることが奇跡のように思えた。

受け取ってから二分ぐらいで部屋に戻ってきたおかげで、唐揚げはまだ皮がパリッとしていて、嚙《か》みしめると熱い脂が染み出してくる。危うく火傷《やけど》をしそうになった口の中をビールで冷やし、今度はフライドポテトを頰張る。こちらも熱々、しかも皮付きのジャガイモを櫛形《くしがた》に切ったタイプなので、甘みと『ホクホク感』が素晴らしい。

細いフライドポテトのカリッとした食感も大好きだが、こういった存在感のあるフライドポテトも捨てがたい。つまるところ、ジャガイモを油で揚げるという調理法を発明した人に大感謝だった。

ビールが半分ぐらいまで減ったところで、炒飯の容器の蓋《ふた》を取る。こちらは平たい容器ではなく、カップ麺《めん》みたいな丼型の容器に入れられている。このほうが食べやすいし、場所も取らない。狭いホテルのテーブルで取る食事に打ってつけだった。

炒飯の表面が菜の花畑みたいに見えてつい微笑む。所々に散らされた卵と刻み葱《ねぎ》がそんなふうに思わせるのだろう。ごめんねーなんて謝りつつ、菜の花畑の真ん中にプラスティックスプーンを差し込んだ。

——わりと濃い味付けだ。しかもしっかり醬油がきいてる！　こういうのがビールにはぴったりなんだよねー！

なにからなにまでわかってらっしゃる、とレストランと料理人を褒め称《たた》えつつ、炒飯とビールのコラボを楽しんだ。

十五分後、日和はベッドに仰向《あおむ》けに寝転がり、大きく息を吐いた。

炒飯、ビール、炒飯、唐揚げ、フライドポテト……と繰り返したせいでお腹ははち切れんばかり。唐揚げがあと一個、いや炒飯が半匙《さじ》でも多かったら食べきれなかった。ほかに食べてくれる人はいないし、残したところで処理に困る。もちろん捨てるなんて論外、と頑張って平らげたけれど、旅先でなければとっくにリタイアしていただろう。

——うー苦しい……やっぱり唐揚げと炒飯の両方を頼んだのは欲張りすぎだった……でも、あの値段であんなにいっぱい入ってるなんて思わないよ。しかもフライドポテトだって山盛りだったし！

あれで採算が取れるのか、などと余計な心配をしつつ天井を仰ぐ。

お風呂は済ませたし、お腹はいっぱい。寝転がる前に、フウフウ言いながら歯も磨いた。

本日のノルマは完了。ノルマどころか、まったく予定外の釣りまで体験してしまった。

結果は散々だったけれど、これまでただ見るだけだった海が、釣りというアトラクションを試したことで、今まで以上に身近に思えるようになった。

今日もいい一日だった、という満足とともに日和は眠りの世界に引き込まれていった。

第一話

翌朝六時、日和は心地よい目覚めを迎えた。

カーテンの隙間から覗いてみると、遥《はる》か彼方《かなた》まで青い空が広がっている。天気予報はここ数日天気が不安定と言っていたが、なんとか傘がいらない一日になりそうだ。

とはいえ、昨夜の『爆食』のせいかお腹はあまり空いていない。せっかく大浴場が付いているのだからもう一度お風呂に入るという手もあるが、なんとなく面倒だ。まあいいか、とまた寝転がり枕元に置いていたスマホに手を伸ばすと、メッセージの着信通知が表示されていた。

——蓮斗さんからだ！

昨夜、ホテルに入るなり蓮斗にメッセージを送った。

旅に出る前に、能登に行くこと、移動手段が飛行機とレンタカーであることを知らせたら、運転に慣れて事故を起こしやすくなる時期だから、くれぐれも気をつけるように言われた。

夕食を受け取って部屋に戻ったあと、無事に輪島に着いたことを知らせておこうと思ってメッセージを送ったのだが、返信がなかった。休日だから彼もどこかに行っているかもしれない。移動中なら返信は出来ない、と諦めたが、日和が眠ってしまってから返信をくれたようだ。

『無事に着いてよかったです。明日《あした》は朝市かな？』

送信時刻は午後十時五分。気付かなかったということは、その時刻にはもう眠っていたということになる。午前六時に目が覚めるのは当然だった。

『おはようございます。その予定です』

大慌てで返信を打つ。まだ起きていないとは思うが、いわゆる『既読スルー』状態はいやだったのだ。

ところが、メッセージを送ってからほんの数秒でスマホの着信音が鳴った。メッセージの送り主は蓮斗、朝の六時にあり得ない『即レス』だった。しかも内容は『電話して大丈夫？』、すぐさま日和は通話キーを押した。

「おはようございます」

「おはよう。昨夜《ゆうべ》は寝落ちした？」

「ごめんなさい。朝が早かったから……」

「気にしなくていいよ。俺も移動してたから返信できなくてごめん」

「移動って、ドライブかなにか？」

「残念ながら仕事。取引先に向かってた。夜からメンテナンスがあってさ」

「休日出勤ですか……大変ですね……」

第一話

蓮斗が勤めるＩＴ企業は、土日祝日が休日となっている。ただ、蓮斗は取引先のパソコンをメンテナンスしに行くことがある。取引先の、営業中はパソコンを使っているからメンテナンスは終業後か休日にしてほしいという要望で、時折休日出勤をせざるを得なくなるそうだ。

本人は平日に振替休日を取る、もしくは休日出勤手当がもらえるからかまわないと笑っているが、大変な仕事に違いなかった。

「まあ、そういう職種だから。で、今日は朝市？」

「その予定ですけど、八時からだからまだ……」

「そうか。まだ六時だったね」

「そうなんです、ってか、早寝した私はともかく、なんでこんなに早くから起きてるんですか？」

「起きてるっていうか、寝てないっていうか……」

「え……もしかしてまだお仕事ですか？」

「まあね。でも、ついさっき終わってこれから帰るとこ」

「うわあ……気をつけてお帰りください」

「ＯＫ。ちょっと眠かったんだけど、話したおかげで目が覚めた。今のうちに帰るよ」

帰ったら爆睡だ、と笑いながら蓮斗は電話を切った。

そしてすぐにメッセージが来る。

『輪島の海はすごくきれいで気持ちがいいから、時間があるなら見に行くといいよ』

時間ならたっぷりある。帰りは午後五時過ぎの飛行機だから、空港には午後四時に入れば十分だ。

日和は二時間も三時間も朝市を見続けられる性格ではないし、そもそも朝市は午前中で終わってしまう。今回の『のんびり旅をする』というテーマに、ゆっくり海を眺めるというのはぴったりだった。

『了解、行ってみます』

私も話ができて元気が出ました、と添えられればよかったのに、と思いつつ、スマホを枕元に置く。相変わらず、友だち以上恋人未満の関係が続いている。蓮斗はなにも言ってくれないし、自分から行動を起こす勇気が持てない以上、ずっとこのままなのだろう。

――梶倉日和二十八歳、これからどうするつもり!?

自問しても自答できない。これはある意味蛇の生殺しだ。自分には確実に、そしてもしかしたら蓮斗の中にもあるかもしれない『現状維持』と『事なかれ主義』を恨むしかなかった。

それでも蓮斗との会話は眠っていた食欲を呼び覚ましてくれた。とりあえず、能登の朝ご飯を楽しむことにして、日和はのろのろと着替え始めた。

朝食を終えた日和は、元気いっぱいに自分の部屋に戻った。

昨夜あれほど食べたから朝食はごく軽く、コーヒーとサラダぐらいで済ませよう、済ませるべきだ、と思っていたのに、いざ朝食会場に着いてみたら、ところ狭しと並んでいる料理にまったく抵抗できず、いつもどおりトレイを満載にしていた。

ただ、後悔はまったくない。全国展開のビジネスホテルで旅行サイトの案内にも『料理自慢』なんて文字はどこにも見つからなかったのに、しみじみ美味しかった。

ウインナーやオムレツ、生野菜のサラダ、小さな焼き魚にハッシュドポテト……特筆すべきは茸《きのこ》とワカメがたっぷり入った味噌汁と車麩《くるまふ》の煮物だ。

どれだけ食べてもカロリーはほとんどない上に、しっかりお腹の掃除をしてくれる茸とワカメの頼もしさだけでも十分だというのに、出汁《だし》と味噌の調和が素晴らしい。一口飲んだ瞬間、思わずにっこり笑ってしまった。

車麩は、これぞ『石川県特産』と言わんばかりの存在感。そういえば金沢で食べたなーと懐かしく思い出しながら口に運ぶ。あのときはおでんだったから、火傷《やけど》しそうなほど熱々だったけれど、この煮物は熱くない。すべての料理をひと味もふた味も上げる『熱々』という要素がなくても十分美味しい煮物で、常備菜ってこういうものだよね、と頷かされた。

ビジネスホテルの朝食は味気ないと言われがちだが、こうやって郷土料理を取り込んでなんとか特色を出そうと頑張っているところも多い。仕事で来ている人たちにしても、朝食で郷土料理を味わえるのは嬉しいに違いない。

『料理自慢』を謳《うた》う宿は、その分値段も高くなりがちだ。もちろん精一杯安く抑える努力はしてくれているのだろうけれど、ある意味、美味しくて当然に思える。むしろ、お手軽価格で泊まれる宿の食事が素敵だったときのほうが、より満足できる気がするのだ。

——まあ、高くても安くてもお料理が美味しい宿はいい宿なんだけどね！

どこまでも食いしん坊な自分に呆れつつ、日和はチェックアウトの準備をした。

極上刺身定食
能登

午前九時、さて出かけるか……となったところで日和は考え込んだ。

屋台が立ち並ぶ『朝市通り』までは歩いて行けるが、車をどうすればいいのだろう。チェックアウトタイムは十時なので、このままチェックアウトせずに車を停めておくか、チェックアウトしてほかの駐車場に移すべきか悩むところだが、朝市を見て回るのにどれほど時間がかかるかわからない。近くに気になる神社もあるし、蓮斗おすすめの海もゆっくり眺めたいとなると、一時間では無理そうだ。フロントで車が停めやすくて割安な駐車場を訊ねることにして、日和はチェックアウトすることを決めた。

旅を始めた当初は、チェックインやチェックアウトだけで心臓がドキドキしていた。フロントでなにかを訊ねるなんて出来なかったのに、今ではなんでも訊ける。今回は車があるから荷物の始末には困らないが、そうでなければホテルをコインロッカー代わりにしたし、あれほど外に出るのが億劫《おっくう》でなければ、夕食におすすめの店も訊ねたに違いない。

あっという間の四年だったけれど、ものすごく成長したなあ、と思いつつ、フロントに向かう。

だが、駐車場を訊ねた日和に返されたのは、なんともありがたい答えだった。

「車は置いたままお出かけください」

「え……いいんですか？」

「はい。昼過ぎ……そうですね、午後二時ごろまでなら大丈夫です」

ほかの観光施設にも無料で停められる駐車場はあるが、いちいち出し入れするのは面倒だし、空いているとは限らない。いっそ歩いて回るほうがいいのではないか、というフロントマンの言葉に甘え、車は置きっぱなしにさせてもらうことにした。

「助かりました。ありがとうございます！」

「ゆっくりお楽しみください。お気を付けて」

優しそうなフロントマンに見送られてホテルを出た日和は、まず荷物を車に入れに行った。そこで、傘を持つかどうか迷ったが、置いていくことにする。雨は降りそうにない。日傘としてはあったほうがいいかもしれないが、朝市の人混みの中で日傘は迷惑でしかないだろう。

貴重品とエコバッグだけを入れたサコッシュを斜めがけにし、身軽になって歩き出す。

昨夜の雨は上がり、空は晴れ渡っている。朝のせいか気温もそれほど高くない。これなら快適に輪島の町歩きができそうだ。あまり人出が多くありませんように、と祈りながら歩くこと五分、日和は『朝市通り』に到着した。

──ここが『朝市通り』ね。確かにそう書いてあるわ。うわ……けっこう人が多い……

身動きできないほどではないが、傘を開くのはためらわれる混み具合に、日和は少し嬉しくなる。人混みは嫌いでも、観光地の賑《にぎ》わいは失われてほしくない。特に、ここ数年はどこもかしこも閑古鳥が鳴きまくりで、観光地は軒並み悲鳴を上げていた。このままではありとあらゆる観光地が衰退し、行きたくても行けなくなってしまう。だからこそ、日和は『ひとり』を盾に旅行を続けて来たのだが、グループ旅行とひとり旅では経済効果が違いすぎる。所詮《しょせん》、焼け石に水ではないかと危惧《きぐ》していたのだ。

とりあえず観光客が戻ってよかった。このまま適度な賑わいを保ち続けてほしい。とはいえ、客にとっての『適度』と観光地にとっての『適度』は違う。日和にとっては久しぶりに見た人混みだから、『おーっ!』と声を上げるけれど、店の人たちはもっともっとたくさんの人に来てほしいだろう。

まずは一回り、と人混みに紛れて歩き出す。前の人が歩けば歩く、立ち止まれば止まる。そんな具合で屋台を見ていく。やはり目立つのは海産物で生はもちろん、干物や佃煮《つくだに》もたくさん、間を縫って野菜がちらほら並んでいる。どの屋台にも共通しているのは、『余ったから持ってきてみた』という雰囲気だった。

輪島は岐阜県高山《たかやま》市、千葉県勝浦《かつうら》市とともに三大朝市と称されているが、朝市は全国各地で開かれている。いずれも獲ってきた魚や家で作った野菜、果物、調味料、あるいは民芸品を並べている。こんな言い方をしたら叱られるに違いないが、売れれば御の字とかお小遣い稼ぎの感が否めないのだ。卸売市場のように『なにがなんでも売ってやろう』という切迫感がなく、端から端までのんびりしている。終了時刻間際になると値引きがすごいし、おまけも盛大につけてくれるところは市場と変わらないが、とにかく『日常』とにかく『のんびり』という朝市の雰囲気が、日和はとても好きだった。

やっぱり朝市最高、と思いながら見ていく。まず一回りしてから買う物を決める。それが大半の人のやり方だろうし、日和も同様だった。

――あの黄色いお米がついたお饅頭《まんじゆう》は絶対買うとして、魚はどうしよう。夜には家に帰るんだから持って帰りたいけど、生はちょっと心配だよねえ……

ここは涼しいけれど、それは輪島が日本海側にあるからで、東京の気温はちゃんと『夏』だ。保冷剤を入れてもらったとしても夜まで保《も》つかどうか怪しいし、安心できるほど保冷剤を詰め込んだらすごい重さになる。干物なら生よりは保つはず、と二回り目は干物を中心に見ていく。

イカの一夜干しもアジの開きも美味しそうだが、やっぱり目が行くのは『ノドグロ』だ。

出雲《いずも》大社に行ったときに食べたノドグロは絶品だった。金沢の居酒屋では、店の人にほかにおすすめがあるからと言われて注文しなかったが、お土産にするならノドグロがいい。なぜならノドグロの脂は干物にしても存在感を失わないばかりか、軽い塩味に特有の甘みを引き出されてとんでもない美味しさとなる。父などは、生よりも干物のほうが好きだと言うほどだ。

さらにノドグロは、太平洋側ではほとんど手に入らないか、入るとしてもかなり値が張る。水揚げ地の近くに行くなら買わないという選択肢はないのだ。

ノドグロの干物を扱っている店は複数ある。元気な声で呼び込んでいるせいか、人だかりが出来ている店もあったが、そこに割り込んで買い物をするのはさすがに無理だ。

かといって、ひとりもお客さんがいない店に突入するのもためらわれる。どうしたものか、と思いながら歩いていると、支払い中のお客さんがいる店を見つけた。

お店はお母さんと息子という感じのふたりがやっていて、お母さんがお金を受け取っている後ろで息子さんが品物を包んでいる。

小さなタイやフグの一夜干し、アジの開きも並べられている。残念ながらノドグロはないようで、何種類かの生魚が並んでいた。日和が知らない魚ばかり、うんと小さいブリみたいなのがあったがこのサイズは絶対ブリとは呼ばない。ハマチですらない。なんと呼ぶのだろうな、ブリになるまで海にいてほしかったかも……などと思いながら見ていると、お母さんが声をかけてきた。

「姉さん、干物いらんけ？　ノドグロ、うまいよー」

ノドグロ、あったっけ？　首を傾げる日和にお母さんが指さしてくれたのは、予想の倍以上の大きさの干物だった。皮目が裏側になっているから気付かなかったが、よく見ると周辺にノドグロらしき赤い皮が覗いていた。

「大きいですね……」

「身が厚くて、脂も乗っとるよー」

大きいだけあって値段もかなり高い。はっきり言って干物の値段ではないが、お母さんが言うとおり、ものすごく身が厚い。身の薄い干物は焼きすぎるとカラカラになってほぐすのが大変になるけれど、この干物なら多少焼きすぎても平気。それどころか中まで熱を伝えるのにかなり時間がかかりそうだ。

――うー……これ、ゆっくり焼いたら表面に脂が染み出しそう。日本酒にすごく合うだろうから、お父さんが喜ぶだろうなあ……

『ほしい』と『高い』の間で心が揺れる。そんな日和の気持ちを察したように、お兄さんが言ってくれた。

「かあちゃん、それ、最後だげん負けてやんな」

第一話

「ああ」

お母さんはちょっと考えたあと五百円引きにしてくれた。干物の値段にしてはまだまだ高いのかもしれないが、ノドグロの相場から考えたらかなり安い。しかも、これほど大きなノドグロの干物はほかの店にはなかった。

「じゃあ、それいただきます」

「ありがとね」

「お姉さん、どこまで帰るの？」

「東京です」

「じゃ、保冷剤、いっぱい入れとくね」

大きな干物をラップフィルムで包み、保冷剤と一緒に新聞紙でくるむ。インターネットで即時性の高いニュースが読めるようになり、新聞の購読率は下がる一方だと聞くけれど、新聞紙は包装紙としてとても優秀だ。包装だけではなく、掃除や保温、湿気取り……と家事に占める役割は大きい。

梶倉家でも新聞購読をやめる、もしくは電子版にしようかという話が出たことがある。言い出したのは父だったが、ニュースそのものはテレビでもネットでも見られるし、家の外でも読める電子版は便利に違いないが、新聞紙がないと家事に困るという母に反論できず、今なお梶倉家には朝夕新聞が届いている。

市場や小さなお店で包装に使われている新聞紙を見るたびに、母と同じように考える人がたくさんいるんだろうな、と思う。『新聞は暮らしに息づいている』なんて言葉が浮かんだりするのである。

そんなことを考えながら支払いを終える。そこでお母さんが、鯛の一夜干しのパックをお兄さんに渡した。

「これも入れてやんな」

「はいよ」

先に言ってくれよ、なんて憎まれ口はまったく叩《たた》かず、お兄さんは新聞包みを開き、鯛の一夜干しを追加してまた包む。気持ちのいい人たちだなあ……と感心している間に新聞包みはレジ袋に入れられた。もちろん、『レジ袋はいりますか？』なんて質問はされない。昭和、あるいはもっと前から変わっていない商売のやり方なのだろう。

受け取った干物を保冷バッグに入れる。百均で買った保冷バッグは小さく、保冷剤をたくさん入れてもらったせいで入るかどうか心配だったものの、なんとか収まった。これなら家に帰り着くまで大丈夫、と歩き出し、少し先にある『えがらまんじゅう』の店に行く。

途中で有名なロボットアニメの主人公が仁王立ちしていたが、このアニメに心酔しているのは日和の親世代だ。現に、輪島の朝市に行くと言ったら父が羨《うらや》ましそうにしていた。きっとここに記念館があることを知っていたのだろう。とはいえ、日和自身はさほど思い入れがなかったこともあってあっさり通過し、表面に黄色いお米がついたお饅頭――『えがらまんじゅう』の屋台へ。

『えがらまんじゅう』は輪島の名物で店もたくさんあるが、裏側まで餅米《もちごめ》がついているのはこの店だけだそうだ。店の人が誇らしげに説明してくれたから間違いないし、見えないところも手を抜かないと言いたいのかもしれないけれど、裏まで餅米をつけない店にも言い分はある気がする。

餅米は粘り気が強いから、裏までつけたらお皿にくっついて大変だとか、ダイエットしている人には表だけのほうがありがたいとか、いくらでも理屈は付けられるだろう。

大半の目的が経費削減だとしても、これはこれで一種のサービスだと考えたほうが気持ちがいい。自分にものすごい不利益が発生しない限り、物事はいい面から見る——それは人生の満足度を上げる一番てっとり早い方法だと日和は思っていた。

——干物もお饅頭も買ったし、ひっぱり餅も、塩羊羹《ようかん》も、土産物屋の店員さんが一番好きだと言ってたナッツのタルトも買った。お土産はこれで十分かな……

ひっぱり餅は四方八方に引っ張って、薄くのばして作ったことから名付けられた能登の名物だが、お餅にしては食感が軽そうでお茶請けにぴったり、体重を気にする母も喜んでくれるだろう。

どのお菓子も一番小さいパックを買ったが種類が増えれば重くなるし嵩張《かさば》る。これ以上は持てないと判断し、お土産購入は終了、買った物を車に置きに行くことにする。自由に出入りできる平置きの駐車場はありがたいことこの上なしだった。

キャリーバッグに買ったお土産を移し、駐車場を出る。

時刻はまだ十時を過ぎたばかり、朝ご飯をしっかり食べたからお腹も空いていない。海を見るのと神社参りとどちらが先か迷った末に、神社に向かう。朝の神社の空気はなんだかいつも以上に厳かで、ご利益が倍増しそうな気がする。倍増を望む時点で罰当たりだよね、と苦笑しつつ朝市とは反対方向に歩いて行くと、目的の『重蔵《じゅうぞう》神社』に到着した。

『重蔵神社』は千三百年の歴史を持ち、大国主命《おおくにぬしのみこと》とその父親である天冬衣命《あめのふゆきぬのみこと》を祀《まつ》る古社である。

輪島の朝市はもともとこの『重蔵神社』の参道に沿って開かれているものなので、日和にしてみれば朝市に来ながらこの神社にお参りしないのは本末転倒、むしろ朝市より先に行くべき場所だった。だが、朝市で一番賑わいを見せる一帯と『重蔵神社』はホテルから見て反対方向にあり、売り切れ次第閉めてしまうという朝市の性格を考えて神社を後回しにしてしまった。先に朝市に行ったところで昼になるまでにお参りは出来る。朝市が気になって落ち着いてお参りできないよりずっといい、と言い訳をしながら鳥居をくぐる。

朝市の賑わいとは無縁の静けさに心が洗われる。たくさんの人が訪れ、穢《けが》れを落としていったに違いないのにこの清らかさ……さすがは神様の住みか、と感心せずにいられない。

賽銭《さいせん》箱に硬貨を投げ込み手を合わせる。いつのころからか、お参りのときは願い事ではなくお礼だけを呟《つぶ》くようになった。欲がなくなったわけではないけれど、今の日和は口が裂けても不幸せなんて言えない。ならば言うべきは願い事よりお礼、という考えからだ。

それでも、繋《つな》ぎたい縁のために全国のパワースポットを回りまくる。そんな自分の矛盾が可笑《おか》しかった。

境内に人の姿は少ない。気楽な服装でのんびり歩いているから、ここにいるのはおそらく地元の人だけで、観光客の大半はまだまだ『朝市通り』を楽しんでいるに違いない。

『来た、見た、帰る』式観光の余禄《よろく》かな、などと思いながら、八つあるお社のいくつかを回る。コンプリートしなかったのは中に子宝のお社があったからで、おめでたの友だちもいないから必要ないだろうとの判断である。

第一話

境内の静けさを満喫したところで、賑やかな声が近づいてくるのに気付いた。朝市巡りを終えた観光客がお参りにきたらしい。潮時だな、と思いつつ、最後にかわいらしい兎の像をひと撫でして『重蔵神社』をあとにした。

あとは蓮斗がすすめてくれた海をゆっくり眺めるだけ、と海岸への道を辿る。

途中に足湯や輪島塗の工房が連なる一角があった。なんとなく金沢の『ひがし茶屋街』に雰囲気が似てるな、と思いながら通り過ぎる。工房ではパネルに沈金で絵付けをしたり箸《はし》に模様を入れたりといった体験も出来るそうだが、日和の興味の対象ではないのでパスする。それ以上に、今回の体験は釣りで十分という気分だった。

海辺を目指してゆっくり歩く。

天気はいいし、微《かす》かに吹いている風が心地よい。なにより空の青の深さがもうすぐ秋だと語っている。これから日が高くなるにつれて気温も上がっていくのだろうけれど、やはり日本海側は太平洋側よりも秋の訪れが早い気がした。

歩くこと五分で海辺に出た。

ホテルの窓からも海が見えたけれど、やはり海は近くで見るほうが好きだ。潮の香りを感じながら砂浜に寄せてくる波を見るのは楽しい。貝殻や海藻が打ち上げられているのを見つけては、これはなんだろう？　と首を傾げるのもまた楽しい。

もっと楽しいのは、堤防や突堤の先から海を見下ろして魚を探すことだ。群れもいいし、群れからはぐれてふらふらしている魚もいい。おそらく、ちょっと自分みたいで愛《いと》しいのだろう。

辿り着いた海は砂浜、少し離れたところに漁港らしきものが見え、その手前に突堤があるという日和にとって理想的な海だった。おまけに砂浜のあちこちにベンチが置かれている。これなら散策に疲れたら座って休めるし、その間ですら海が眺められる。蓮斗が海をすすめてくれた理由がものすごく納得できた。

砂浜を延々と歩き、また戻ってくる。

犬の散歩をする人、走って行く子どもを追いかけるお母さんにまじってお年寄りがふたり歩いてきた。ひとりが杖《つえ》をつき、もうひとりがしきりに励ましている。

「よかったよ、これぐらいですんで」

「ほんとだよねー」

そんな会話が聞こえてきたから、事故にでもあってリハビリをしている最中《さなか》なのかもしれない。

心の中で、早く治るといいですね、でも焦っちゃだめですよー、なんて余計なお世話そのものの言葉をかけながらすれ違う。

砂浜を存分に味わったあと、突堤に行ってみる。魚はいるかな？　と覗き込むと、いるどころではなかった。あっちにもこっちにも群れを成して泳いでいて、探すまでもなく勝手に目に入ってくる状態。突堤の壁にへばりついている小さなカニまで見つけてしまった。

——あーこれは釣り人がたくさんいるはずだわ。糸を垂らすだけでどんどん釣れちゃいそう……

とはいえ、群れているのはどれも小魚だ。釣り人はもっと大きい魚を狙いたいだろうから、突堤の先に行くのが正解に違いない。

第一話

近頃は釣り人の転落事故が増えているそうで、突堤への出入りを禁止しているところも多いらしい。昨日行った『海づりセンター』などは、小さな子ども連れでも安全に釣りを楽しめるように造られたのかもしれない。センターでの釣りが楽しいとは限らないけれど、まず重視されるべきは安全という考え方は間違っていない。特に手ほどきをする場合、どんなベテランであっても、釣りを教えるのと安全に気を配るのを同時にやるのは難しいだろう。

何事にも理由はある。断り切れなくてやった釣りでも、楽しむ人は楽しむ。釣りはうまくできなかったけど、ほかのことなら『嵌まる』可能性もある。必ずしも『ノーと言える私』が正しいとは限らないな……と思いながら突堤の風に吹かれる。

見下ろせば小魚の群れ、目を上げれば彼方まで続く海。散歩をしている人も、ジョギングしている人も、釣りをしている人も、犬までも楽しそう。素晴らしい朝だ、と感動しつつ時を過ごしたが、さすがに三十分もすると飽きてきた。

スマホで時刻を確かめると、まだ午前十一時にもなっていなかった。

お昼は輪島で食べる予定だが、目当てのお店はまだ開いていない。さてどうしたものか、と思ったとき、少し離れたところにある建物が目に入った。

——『輪島キリコ会館』？ そういえばインターネットで名前を見た気がする……

キリコという名のイタリアの芸術家がいたはずだし、無免許医師が活躍する漫画にもキリコというキャラが登場していた気がするが、どちらも輪島に記念館があるなんて聞いたことがない。

東京に生まれ育った日和にとって『キリコ』といえば『江戸《えど》切子』だけれど、色が入ったガラス細工にあまり興味はない。『輪島キリコ会館』がどのキリコをテーマにしているにしても行かなくていいかな、と説明すら読まなかった。

だが、時間はたっぷりあるし、風が徐々に強くなり始めている。浜辺で強い風に吹かれると砂だらけになりかねないから、建物に入ったほうがよさそうだ。

釣りに続いてキリコ。なんだか興味がないことに縁のある旅だな、と思いながら建物に近づいた日和は、自分の大きな勘違いに気付かされた。

建物の壁にお祭りの様子が描かれている。どうやら、ここで扱われている『キリコ』は芸術家でも安楽死推奨の軍医でも色つきガラス細工でもなく、お祭りで使われる大きな灯籠《とうろう》らしいのだ。

——お祭りに使う灯籠？　たくさん並べられてるのかな？　火はついてる？　どっちにしてもお祭りは大好きだよ～。

単なる時間つぶしと風よけ目的で入ることにしたのに、一気にテンションが上がる。いそいそと入場券を買って展示場に入ったとたん、日和は歓声を上げた。

比喩《ひゆ》ではなく、本当に『うわーっ！』という声が出た。入り口から奥に向かってキリコが並べられている。大きいといっても所詮灯籠でしょ？　という失礼な考えを粉砕するほど巨大な姿で、これを人力で動かすのは大変すぎる、と同情すらしてしまう。

おまけに場内を照らすライトは紫色。紫は古来、高貴かつ神秘的な色とされている。紫の中に浮かび上がるキリコの橙色《だいだいいろ》の灯《あか》りはまさしく幻想的。ついさっきまで突堤で小魚を眺めていた日和にしてみたら、異世界に紛れ込んだような気分だった。

第一話

少し進んだところに大きなスクリーンが設けられ、タイミングよく説明が始まった。係の女性の話によると、すぐ横に展示されているキリコは江戸時代や明治《めいじ》時代のもので、地域みんなでお金を出しあって作ったのではなく、『一軒立て』といって、豪商が独自で作ったそうだ。シャチが飾られていたり、手の込んだ細工が施されたりしているのは、若者に仕事を与える目的で、当時はかなり感謝されたという。

そして、江戸時代に作られたものなのに今もきれいな形で残っているのは、輪島塗のおかげ、と誇らしげに説明したあと、係の女性はちょっと寂《さみ》しそうな顔になって続ける。

せっかくきれいな形で残っているのに、町に若者がいなくて担ぐ人がいない。この町では、六十代の年金受給者でも若者扱いだ。サラリーマンは公務員ぐらいであとはみんな漁師や職人、みんな死ぬまで働く、と……

死ぬまで働くこと自体は悪いことではない。ただ、好きで働いているならまだしも、生活を支えてくれる若者がいないために稼ぎ続けなくてはならないとしたら、辛《つら》い日もあるだろう。精一杯働いて、年を取ったら身代を子に譲って楽隠居というのが、理想の形のような気がする。

けれど今、若者はこの町に残らない。みんな外に働きに行ってしまう。当然、キリコの担ぎ手はいない。お祭りのときは、外に出ている若者たちもこぞって戻ってくるけれど、できればずっとこの町にいてほしい……

はっきりと言葉にしなかったけれど、日和は係の女性の中にそんな気持ちがあるように思えてならなかった。

幾ばくかの切なさを含んだ『キリコ』の説明が終わり、日和はさらに奥に進む。場内を一巡りしたあと、二階に続くスロープを上る。

二階の回廊から見下ろした展示場はまさに圧巻。大小さまざまな『キリコ』がずらりと並び、オレンジ色の光を放っている。置かれているだけでこれだけの存在感があるのだから、いざ担いで練り歩いたらどれほどの迫力だろう。

来月、ここ数年開催されなかった輪島の『キリコ祭り』が開かれるそうだ。縮小開催になったとしても、やるとやらないとでは大違い。町はさぞや活気づくに違いない。しかもこの『輪島キリコ会館』では夜になると『御陣乗《ごじんじょ》太鼓』という祭り太鼓の実演もやっているらしく、予定表を見てみたら昨夜もおこなわれていた。知っていたら絶対聞きに来たのに、と残念に思ったが、実演はちょうど日和が風呂上がりの夕食を楽しんでいたころのことで、あれはあれで楽しかったからよしとするしかない。

御開帳寸前の善光寺《ぜんこうじ》、来月の『キリコ祭り』、御陣乗太鼓の実演……あとちょっとのところで見逃してばかりだ、と思ったものの、朝市だけでもこの賑わいだ。お祭りが重なったとしたら、あっちもこっちも人だらけで日和は疲れ果てたに決まっている。

――大丈夫、人間の想像力はこのためにあるのよ。ここから見た風景と、さっき見た町並みを心の中で重ねればいいだけ……って、そんなわけない！

やっぱりこの目で見てみたい。いつかきっと見に来よう。そんな決意で展望室に向かう。

三階にある展望室では、一階から三階まで貫いて設置されている大松明《たいまつ》の先端が見られる。

第一話

大松明は輪島大祭で燃やされる松明神事の御柱《みはしら》で、年に一度、舳倉島《へぐらじま》の女神様が重蔵神社の男神との逢瀬《おうせ》のために海を渡ってくるときの目印とされるという。お祭りの終盤で、火が着いた松明が海側に倒れれば大漁、山側に倒れれば豊作になるそうだ。年に一度の逢瀬なんて七夕みたいだな、と思いながら展望室に辿り着いた日和は、壁一面に張られたお祭りの写真とたくさんの絵馬に迎えられた。

どうやらここは縁結びスポットでもあるらしい。『輪島キリコ会館』の展望室にこんなにたくさんの絵馬があるなんて驚きだが、年に一度の逢瀬の目印となる大松明のすぐそば、なおかつ能登の海を一望できる展望室なら海からやってくる神様に一番に気がついてもらえることだろう。

結ばれたい思いに圧倒されそうになりながらも大松明をじっくり観察する。ただ、いくら大きくても松明は松明、豪華絢爛《けんらん》な『キリコ』ほど魅了されない。

ここに飾られている限り、火も着けられないし、どっちにも倒れないのよねえ……と意地悪なことを考えたのを最後に『輪島キリコ会館』見学は終了。時刻は午前十一時十五分を過ぎたところ、お腹も少し空いてきたことだし、昼ご飯を食べに行くことにした。

スマホの道案内アプリを頼りに町を歩く。

ときどき止まっては、所要時間で正しい方向に進めているかどうかを確かめる。所要時間が減っていけば正解、増えれば間違いという乱暴極まりない方法だが、これで案外なんとかなる。少なくとも地図上のマークを見つめ続けて歩くよりは安全だろう。

歩くこと十五分、日和はようやく目当ての店に到着した。本当は十分ぐらいで着くはずだったの

極上刺身定食

能登

だが、道を曲がり損ねてずっと先まで行ってしまい、引き返してきたせいで時間を食ってしまった。

だが、おかげで『これならなんとか食べられる』程度だった空腹具合が、『めちゃくちゃ空いた』に変わったからこれはこれでよしとしておこう。

前向き上等、どっちに倒れてもいい大松明と同じだ、と思いながら引き戸に手をかける。

この店は名前に『割烹』という文字が入っている。見るからに格式が高そうな造りだし、内心ドキドキだったが、ちゃんとしたお店はお客さんを無下《むげ》にしないことはわかっている。

まだ十二時にはなっていないから満席ではなさそうだし、ネットには観光客の口コミもたくさん上がっていたから、一見《いちげん》さんお断りということもないだろう。

「いらっしゃい」

入るなり男の人の声が聞こえてきた。

声に導かれるようにカウンターに進み、端から二番目の席に座る。カウンターの中の男の人が品書きを渡してくるのとほぼ同時に、女の人が目の前にお茶が入った赤いコップを置いてくれた。いずれも七十代、もしかしたらもっと年上かもしれないが、口コミから察するにこれが店主夫婦だろう。

この店を選んだのは口コミに添えられていた画像の刺身定食があまりにも美味しそうで、ぜひとも食べてみたいと思ったからなので品書きを見る必要はない。それでも、やっぱり品書きを開く。せっかく渡してくれたのだからというのもあるが、それ以上に品書きを見るのが好きだからだ。

近頃は注文と同時に品書きを下げてしまう店も多い。それで注文が終わったかどうかを見分けているのだろうけれど、日和のようなひとり客にとって品書きは絶好の暇つぶしアイテムだ。

注文を済ませているから、こっちにすればよかった！　と後悔することもあるが、それでもたくさん並んだ料理名を見るのは楽しい。次に来る予定なんてなくても、次はこれを食べよう、なんて思うのだ。

渡された品書きを見ていると、また男の人の声がした。

「おすすめは刺身定食だよ」

「じゃあ、お刺身定食をお願いします」

「はいよ。うちの食器は全部輪島塗だからね。その湯飲みもそう」

「これ、輪島塗なんですか……すごいですね」

実は、この店の食器が輪島塗であることは知っていた。ホームページにも口コミにも散々書かれていたからだ。だが、渡された品書きを開くのと同じで、初めて聞いた体《てい》を装う。

なぜなら、そのほうがよりたくさんの説明が聞けるとわかっているからだ。案の定、店主はカウンターの上の冷蔵ケースから魚を取り出しながら言う。

「輪島塗は使えば使うほど味が出るし、ちゃんと手入れすればいつまでだって使える。割れたところで直せるし」

「直せるんですか？」

「漆を塗り込んで直すんだ。壊さないに越したことはないけど、毎日使ってりゃ傷も付くし、壊れることもある」

「そうですよね」

木の器が割れても直して使えるのは驚きだったが、さっき見た『キリコ』も江戸時代や明治時代のものとは思えないほどだった。何百年と使ってきたのに古びていないのは、定期的に塗り直して手入れしているからだろう。

漆塗りに限らず、昔の人はありとあらゆる道具を直して使っていたそうだ。割れた陶器ですらつなぎ合わせる技術があるらしい。日本人は本当にものを大事にする民族なんだな、と感心しているうちに、ごはんと味噌汁、小鉢、漬物が入った小皿が運ばれてきた。

「お姉さん、ごはん、足りなかったら言ってね」

奥さんらしき人が言いながら置いてくれた茶椀《ちゃわん》は大盛り、これは絶対食べられないと思った日和は戻りかけた奥さんを慌てて呼び止めた。

「あ、あの！　このごはん、減らしてもらうことはできますか？」

「減らしたほうがいいの？」

「はい。残すのはもったいないし、申し訳ないし……」

「ああそう。いいよ、どれぐらいなら食べられる？」

「半分ぐらいで」

「わかった。ちょっと待ってて」

奥さんは茶椀を持って奥に入っていく。すぐに半分に減らした茶椀が届けられ、カウンターの向こうから刺身の皿が差し出された。

第一話

「おまたせ。お姉さん、旅行？」

「はい」

「どっから来た？」

「東京です」

「そうか、そうか。じゃあ、お土産をあげよう」

そう言うと店主はビニール袋に入った箸を渡してくれた。刺身定食と一緒に出された箸と同じもの、しかも五膳も入っている。

「輪島塗用の箸だよ。絵付け前のだけど、使いやすいし、長さもあるから菜箸にもいい。そのお姉さんが使ってる箸も持って帰っていいからね」

絵付け前とは言え、歴《れっき》とした箸だ。このいい香りは檜《ひのき》を使っているのかもしれない。これを五膳、使っている分も含めて六膳ももらっていいのだろうか、と思ったが、断るのはかえって失礼だし、箸は嵩張らない。店主が言うとおり十分な長さもあるから、菜箸に使えて母も大喜びだろう。

「ありがとうございます。家族も喜びます」

店主は無言で頷き、引き戸に目をやる。そのタイミングで四十代ぐらいの男性客が入ってきて、ふたつ向こうの席に腰掛けた。

日和と同じように刺身定食を注文し、同じようにお箸のお土産をもらう。一体この店は、一日に何膳の箸を配るのだろうと心配になってしまったが、先に小上がりで食事をしていたふたり連れはなにももらわずに帰って行った。ずいぶん親しげに話していたようだから、お箸のお土産は初めてあるいは観光客だけを対象にしたサービスなのかもしれない。

それはさておき、と日和は出された料理をじっくり眺める。

刺身の盛り合わせは、大きなパーティーで出される舟盛りをひとり分にしたような感じで、何種類もの魚が並べられている。驚いたのは、皿の端っこに据えられた貝殻。渦巻き状でゴツゴツしている貝殻はサザエに違いない。

サザエは焼いて醤油を垂らす壺《つぼ》焼きで有名だが、日和は食べたことがない。海鮮焼きを提供する店に入ったときも、なんとなく身をうまく外せない気がして、サザエではなくホタテを選んだ。刺身も同様で、美味しいとの噂を知りつつもついつい食べ慣れたホタテに箸を伸ばしていたのだ。目の前の刺身はどれも角がピンと立って新鮮そのものに見える。おそらくサザエも獲れたて、初めてのサザエがこんなに極上品なのはラッキーすぎる。

ごはんはつやつやしているし、大ぶりのお椀には三つ葉とワカメではない海藻がたっぷり浮かべられている。青味野菜には葱をはじめ、大葉や三つ葉、ホウレン草に小松菜……と様々な種類があるが、お味噌汁や吸い物に三つ葉を使っている店は、それだけで少し格上に感じる。葱に比べて刻んで置いておける時間が短いからかもしれない。

なによりお茶碗、汁椀、小鉢、湯飲みは朱塗りの器で、刺身が木の葉を模した緑色、漬物の小皿は黒、醤油が入った刺し猪口《ちょこ》は淡い青。それぞれに盛られた料理の色合いまで含めて絶妙なバランス。すべてが美しく、上品そのものだった。

すぐに食べてみたい気持ちと、この美しさを崩したくない気持ちがせめぎ合う。だが、食べないなんて選択肢があるわけがない。まずはお味噌汁から……とお椀に口を付けた。

——うわ……すごくいい香り！　この香り、なんだっけ……三つ葉だけじゃない……あ、茗荷《みょうが》だ！

味噌の色と似ていたから気付かなかったが、細く刻まれた茗荷がふんだんに入れられている。三つ葉だけでも十分なのに、茗荷の香りまで加わって思わずうっとりしてしまう。おまけに茗荷は歯触りも抜群だ。

魚を中心に扱っている店のようだから、味噌汁はアラ汁ではないかと思っていた。アラ汁は大好物だが、小骨が入っていて食べづらいときがあるし、この店の上品さにはそぐわない気がする。さすが『割烹』を名乗るだけある。頑張って入ってみてよかった、と思わずにいられなかった。

味噌汁のあとごはんを一口、お米そのものの甘みを楽しんだあと、いよいよ刺身に箸を伸ばす。

皿の上は白身が中心、たった今摩《す》り下ろしたに違いない山葵《わさび》の淡い緑が際立つ。『ラスボス感』満載のサザエを横目に、イカの細作りに山葵を載せる。山葵が落っこちないよう慎重に醬油に浸して口に運ぶと、まずほんのり甘い醬油、次に山葵の爽《さわ》やかな辛み、最後のイカのねっとりとした食感が伝わってきた。

——甘い醬油に甘いイカ……でも、なんか悪くないかも……

やっぱり能登の醬油は甘かった、と再確認する。

昨日のお昼に食べた刺身定食の醬油はそれほど甘みが強くなかったが、やはり関東でも売られている大手メーカーのものだったようだ。食べ慣れた味にほっとしたけれど、心のどこか『甘いはずでは？』と思ったのは、甘い醬油の価値を認めているからだろう。

ただ、この甘い醬油でマグロを食べろ、と言われたら断固拒否する。それが日和の醬油に関する姿勢だった。

目の前の皿にマグロは一切れも入っていない。だから甘い醬油でいい。むしろ甘い醬油がいい。白身魚上等、と思いながら、ごはん、味噌汁、刺身、と食べ進める。

中盤、いよいよ……と食べてみたサザエは想像を上回る嚙み応えで、ホタテに慣れた歯がちょっとびっくりしていた。同じ貝でも全然違うんだな、と思ったが、これはこれで素晴らしい。口の中に漂う濃い磯の香りも合わせて、またどこかで機会があったら食べてみたいと思わせる味だった。

減らしてもらえたおかげでごはんも完食、刺身に添えられていた大根のつままで平らげ、日和は席を立った。正直、昼ご飯にはしてはなかなかの金額だったけれど、それ以上の価値がある。輪島塗の食器で食べられたこと、店の雰囲気、お土産まで含めたら安いぐらいだった。

――あー身体中、満足でいっぱいだあ……

なにそれ、そもそも『満足』はいっぱいってことだし、身体じゃなくて気持ちの問題でしょ、と自分にツッコミを入れながら、川に向かって歩く。

次なる目的地は、『輪島塗会館』だ。輪島塗は値が張るし、手入れも大変そうだから買えないにしても、作り方や歴史ぐらい知っておきたい。

時間はまだあるし、道案内アプリによると『輪島塗会館』は徒歩三分ぐらいのところにあるらしい。せっかく輪島に来たのだから輪島塗の知識も深めよう、ということで行ってみることにしたのだ。

第一話

一時間後、『輪島塗会館』から出た日和は大きく息を吐いた。

一番の感想は、昼ご飯を食べる前にここを見なくてよかった、というものだった。

――恐るべし輪島塗！　お椀ひとつであんな値段なんて思わなかった！

価値のあるものだとはわかっていたが、あそこまで高価だとは思っていなかった。手入れを怠らなければいつまでも使えることを考えたらコスパは悪くないのかもしれないが、あの値段では手が出せない。『気軽に使っていただいていいんですよ』と微笑む係員の女性に、曖昧《あいまい》な笑顔を返すのが精一杯だった。

ひとつひとつの器があれほどの値段だと知っていたら、緊張で食事を楽しむことなど出来なかっただろう。きれいな器だなーと感心しながらも、バクバク食べられてよかったと思うばかりだった。

輪島塗の素晴らしさは十分わかった。日本の文化として守られるべきだし、末永く愛好されてほしい。ただし、道具として私が使うことはなさそう、というのが、『輪島塗会館』見学を終えた日和の感想だった。

時刻は午後一時三十分、空港に行くにはまだまだ早い。

もう一度海辺に戻るか、よそに行ってみるか、近場に面白そうなところがあれば行ってみてもいいけれど、と思いながらスマホを取り出す。観光地を検索するより先に画面に出てきたのは地域ニュース、『イカの駅つくモール』についてのものだった。

――そういえば、すごく大きなイカのモニュメントができたって聞いたなあ。けっこう遠いのかな？

極上刺身定食

能登

ニュースはかなり経費をかけて作ったのに、来場者が思ったほど伸びていない、というものだった。せっかく作ったのに見てくれる人がいないなんて気の毒すぎる。ひとりぐらい増えたことで大して変わらないかもしれないが、とりあえず巨大なイカは見てみたい。

現在地点と『イカの駅つくモール』、さらにそこから空港までの所要時間を調べる。全部で一時間四十分前後、多少渋滞しても十分飛行機に間に合う時間だ。

もうすぐ午後二時になるから、駐車場から車を出さなければならない。絶好の暇つぶしを見つけた、と日和は大喜びで駐車場に戻る。

空は青いし、頬を撫でる風は心地いい。いいドライブになるなあ、と思いかけて苦笑する。

四国や九州を散々走り回り、しばらくドライブはいいや、とまで思ったのに、ここでもやっぱり走っている。充電期間の効果もあるが、そもそも日和は、誰にも邪魔されずにひとりきりで移動できるドライブが好きなのだろう。

とはいえ、車が使えるのはいいことばかりではない。日和の旅の自由度が格段に上がった一方で、文字どおりの駆け足の旅になっている。帰ってから、あそこを見てこなかったの？　と家族に呆れられることもある。

そんなとき、日和は考える。

旅を始めて四年近くが過ぎたけれど、日本は広く、行ったことがない場所はたくさんある。旅はまだまだ続くのだから、次に訪れる楽しみを取っておくというのも大事なことだ。もっと言えば、人は変わる。たとえパッと見るだけに止《とど》めた場所であっても、いつか興味を覚えることもあるかもしれない。『イカの駅つくモール』のように、新しく造られるものがある一方で、景勝地が天災に見舞われて美しさを失うこともあるだろう、と……

――あらゆる意味で旅は一期一会、その時々の『見たい』と『見たくない』を大事にしよう……

途中には『千枚田《せんまいだ》』という観光スポットがある。段々に重なる田んぼが美しく、夜は幻想的でもあると人気だし、時間的には『イカの駅つくモール』の先にある『見附島《みつけじま》』にも行けなくもない。『見附島』はその形状から『軍艦島』とも呼ばれ、能登のシンボルと名高く、能登を訪れる人の大半が足を運ぶらしい。

とりあえず、『イカの駅つくモール』に行こう。そのあと時間が余れば『見附島』を見に行ってもいいけれど、今見たいのはイカのモニュメントだ。

自分の気持ちに忠実に、日和は車を走らせる。賛否両論のイカのモニュメントがどれほど大きいのか、作った人の狙いどおり、ちゃんと人を集められているのか、この目で確かめるのが楽しみだった。

ナビの行き先を『イカの駅つくモール』に設定して出発する。しばらく走ったところで、『白米《しろよね》千枚田』の案内板が出てきた。『白米千枚田』は輪島市白米町にある棚田で、夜になるとライトアップされたり、イベントがおこなわれたり、と能登観光の名所となっている。

実際にある田の数が多いので千枚田と呼ばれているそうだが、ひとつひとつの田はかなり狭く『せまい田』から『せんまい田』『千枚田』と変化した説もあるらしい。

案内板によるともう少し先、ただし今、日和が走っている道のすぐ脇にあるようなので、寄っていくことにする。

ついさっきまで、見たいのは『イカの駅つくモール』だ、と思っていたのに有名観光スポットがあると知るとやっぱり寄りたくなる。『次に来る楽しみ』を残すのはなかなか難しい、と苦笑してしまった。

とはいえ、車を停めて見に行った『白米千枚田』では、田んぼの重なりの美しさよりも、その向こうにある広大な日本海に目を惹《ひ》きつけられ、自分の海好きを再確認する結果となった。『田んぼ』はどれだけ美しくても、お米を生み出してくれる場所に過ぎない。まったく人間の手が入っていないか、巨大イカのモニュメントのようにあからさまな人工物のほうが興味をそそられるのかもしれないな、などと考えつつ、日和はまた車を走らせた。


――うーん……イカだ。これは、紛れもなくイカである。ニュースで見たとおりであーる！

どんな感想だ、と自分でも笑ってしまったが、モニュメントは実際にスマホの画面の中にあったとおりの姿だった。実物とニュースが違うなんてことがあるはずがないのだが、それでも『イカだ！』と言わずにいられない。それほどモニュメントは『イカ』だったし、巨大だった。

巨大イカのモニュメントの前には人が群がり、写真を撮る順番を待っている。日和も遠くから全形を収められる構図で写真を二、三枚撮ったが、それで十分だし、このモニュメント自体、何度も見たいとは思わない。美味しいものを食べたり買ったりできるなら、二度、三度と訪れる可能性はあるけれど、写真を撮るだけなら一度で十分だ。

第一話

ただ『イカの駅つくモール』は、能登町の情報発信拠点として造られ、能登町小木《おぎ》エリアの特産品である船凍イカやそれを使った料理を主に販売している。ごはんのお供にもお酒のつまみにもできそうなお土産がたくさんあるし、イカスミのソフトクリームは色からは想像できないほどクリーミーで、思わずもう一つ食べたくなる味だった。イカ製品を買うというのは、この場所を訪れる大きな動機になるだろう。

それだけに、肝心のイカが獲れないとなると、『イカの駅つくモール』そのものが立ち行かなくなってしまうのではないか、と心配になる。

函館《はこだて》をはじめ、日本海側でも年々イカの漁獲高が減っていて、九十九湾《つくも》も例外ではないという。『イカの駅つくモール』では古くから続けられてきた小木エリアのイカ漁について学べるコーナーも設けられている。『今も続く』ではなく『かつておこなわれていた』小木のイカ漁についての説明、寂れた売店、ペンキが剝《は》げかけたモニュメント——そんな光景は見たくない。

一通り見て回り、最後に干しホタルイカを買って物販コーナーを出る。九十九湾で巨大モニュメントの対極的存在のような小さくて薄っぺらいホタルイカを眺めつつ、日和はただただ、イカの漁獲高が回復すること、少なくともこれ以上は減らないことを祈る。

旅はただ楽しいだけに止まらず、様々なことを感じさせてくれる。いかに自分が、これまでなにも考えずに生きてきたか思い知らされる。

二十八歳にしてはあまりにも見識が狭い。それを認めるのはかなり辛いし、恥ずかしいことでもあるが、今からでも挽回《ばんかい》はできるはずだ。猫を飼うようになったら、外にいる猫がやたらと目につくようになったと語る人は多い。おそらく人間というのは、縁のあるものが目に留まりやすいようにできているのだろう。猫を飼い始めた人と同じように、旅をした場所に関するニュースは気付きやすくなっている気がする。

――これからも旅を続けながら、その土地特有の事情や自然環境にも気を配って、いろいろなことを考えていこう。できれば、訪れたときだけではなく、帰ったあとも……

旅で得るものは計り知れない。本当にひとり旅を始めてよかった。あらためて、日和にひとり旅をすすめてくれた小宮山社長に感謝しながら、日和は『イカの駅つくモール』をあとにした。

極上刺身定食

能登

第二話　妙高

――ドロエビと新潟味噌

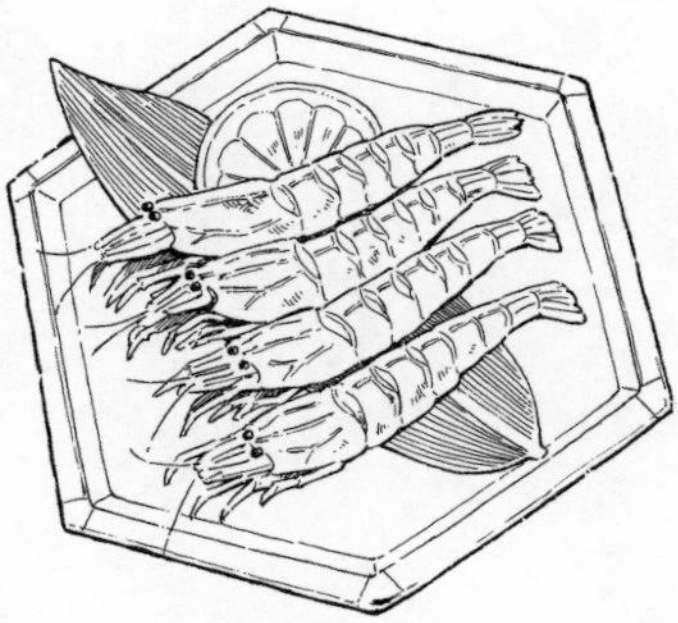

第二話

九月に入ってすぐの金曜日、仕事を終えて帰宅した日和は、夕食もそこそこに自分の部屋に戻った。ベッドに転がり、ぼんやりと天井を見上げる。来週の月曜日は有休を取り、土日に繋《つな》げて二泊三日の旅に出ることになっているのに気分は最悪、旅の前日の高揚感は皆無だった。

今日はひどい一日だった。

入社して六年が過ぎ、ひとり旅のおかげで『人見知り女王』の看板はすっかり取れ、取引先とのやりとりも電話応対もそれなりにこなせるようになった。

入社当時は執拗《しつよう》に繰り返された上司の仙川《せんかわ》係長からのお小言も、ここしばらく聞いていない。おどおどしなくなったことに加えて、仙川の叱責《しっせき》が理不尽だと感じたらその場で正してくれる斎木《さいき》課長の存在が大きいのだろう。

ところが、すべてがいいほうに回っている、この調子でしっかり努めようと思っていた矢先、日和はあり得ない失敗をしてしまった。しかも、日和の最大の味方というか守護神に近い斎木課長を大いにがっかりさせるミスだった。

「あっ！」

書類をコピーしようと席を立った日和は、思わず声を上げた。

椅子を後ろに動かした拍子に、パソコンの電源コードを引っかけてパソコンが机から落ちそうになったからだ。とっさに手を出して辛《かろ》うじて受け止めたものの、その直前にパソコンは椅子の側面にぶつかり鈍い音を立てた。

隣の席の麗佳が心配そうにこちらを見た。

「大丈夫?」

「なんとか……」

「よかった。別に怪我もしてなさそうね……って、それ、まずくない⁉」

いきなり大きくなった麗佳の声に、何事かと見てみると、足下にUSBメモリーが落ちている。ノートパソコンに差し込んであったもので、落下した際にどこかにぶつかって外れたのだろう。しかもUSBメモリーは歪《ゆが》んでいる。歪んでいるというよりも、明らかに折れ曲がっていた。

「うそ……」

言葉を失うとはこのことだ。

大慌てでUSBメモリーをパソコンに差し直そうとしたが、いつものようにすっと入ってくれない。無理やり差し込んだとしても、今度は抜けなくなりそうだ。

「それ、なにが入っていたの?」

麗佳は、無残な姿になったUSBメモリーを痛ましそうに見て訊《たず》ねた。

「顧客データです」

「顧客データ? あ、あの『空白の三年間』の分ね!」

USBメモリーに見覚えがあったのだろう。当然だ。もとはと言えば、このUSBメモリーは麗

第二話

佳が使っていたもので、よく目立つ小さな星形のシールは彼女が貼ったものなのだ。

「斎木課長に紙ベースの名簿を入力してデータ化するように言われたときに、私が渡したものよね？」

「そうです……」

斎木は小宮山商店株式会社に三年前に中途入社してきた。かつてＩＴ企業に勤めていたためパソコンの扱いやデータ管理に長《た》けており、彼のおかげで旧態依然としていた小宮山商店株式会社の事務はめざましく効率化された。

その斎木が、日和に数冊のファイルを渡してきたのはおよそ三ヶ月前のことだ。背表紙には年度を表す数字と『顧客名簿』という文字が入っている。確か、書庫の片隅に収められていたもので、日和も存在そのものは知っていたが、中を確かめたことはなかった。

その顧客名簿を、斎木はデータ化したいという。どんな顧客がどんな商品をどんなサイクルで購入してくれたか、取引が続く顧客と途切れた顧客にどんな差違があったのかを把握すれば、今後の販売戦略に役立つのではないか、と考えたそうだ。

繁忙期を終えたころ、それほど大急ぎで仕事を進めなくても余裕で定時退社が出来る時期のことで、少しずつでいいから進めてほしいという指示だった。

「なにか質問はある？」

「いいえ。実際に作業にかかったらなにか出てくるかもしれませんけど……」

「そう。じゃ、何かわからないことがあったら訊《き》きに来て」

「わかりました。あ、でも……」

そこで日和は、自分のパソコンで現在の顧客データを呼び出してみた。渡されたファイルの背表紙にある年度とパソコン上にある顧客データの年度が連続していない気がしたのだ。

確かめてみると、案の定、空白期間があった。

「課長、ファイルにもパソコン上にもない顧客データがあるみたいですけど……」

「え……？」

そこまでは確認していなかったらしく、斎木は慌てて日和のパソコンを覗《のぞ》き込む。

「確かに……三年分ぐらいないな……」

ふたりして首を傾げていると、麗佳が声をかけてきた。

「課長、それってデータをクラウド管理するようになる前の分じゃないですか？」

「クラウド管理する前？」

「はい。さすがにもう紙じゃないだろう、ってことでパソコン管理するようになったんですけど、クラウドにUPするようになったのは三年ぐらいしてからだったと思います」

「なるほど……じゃあ、その間のデータ保存はハードディスクだけかな？」

「そうです。でも……あのころのハードディスクって……」

「まさか、俺がここに来てすぐのころに『飛んだ』やつとか……」

「そのまさかです。でも、課長のご尽力でほとんどのデータは移せたはずです」

「うーん……まあそうなんだけど、なんか嫌な予感がする……」

そう言うと、斎木は自分の机に戻り、パソコンで何事かを確かめていたかと思ったら、大きなため息をついた。

「やっぱり……復元できなかったデータがあったんだけど、顧客名簿もその一部だったみたいだ。さもなきゃ、俺がクラウドに上げてる」

「そうですよね……」

そのハードディスクが『飛んだ』、つまりデータが呼び出せなくなってしまっていると気付いたのは斎木だ。仙川は、もう使っていないから支障はないと言ったが、念のためにと斎木が復元して新しいハードディスクにデータを移した。日和はもちろん、麗佳もどんな手を使ったのかわからないと言っていたし、斎木本人も、同じことをもう一度やってもうまくいくとは限らないと言っていたから、かなりきわどい方法を使ったに違いない。

だが、古くて使っていなかった上に着任したばかりの斎木には、もともとどんなデータが入っていたかわからない。復元できたデータはすべて移したけれど、なにがなくなったのかまでは把握できなかったそうだ。

「それが空白の三年間、ってことですか……。でも、それでよく困りませんでしたね」

いつからハードディスクが使えなくなっていたのかわからないが、顧客データをまったく使わなかったとは思えない。いったいどうしていたのだ、と首を傾げる日和に、麗佳はあっけらかんと返した。

「そのハードディスクの中にあったデータのほとんどはクラウドに移してあったから」

「え、じゃあどうして三年分だけなかったんですか？」

「移した時点ですでにデータが壊れてたんだろうな……」

「おそらく。顧客名簿全部ならまだしも、最初の三年分が消えただけでしょう？　その年度の分を使おうとしなければ気付かないわ」

斎木のようにデータ化して利用するというのでない限り、十年前の顧客名簿を取り出して使うことはまれだ。仙川の『支障ない』という言葉は、同じデータがクラウドに上がっているから、という意味だったようだ。それでも、係長なら欠けている年度があることぐらい気付いてほしかった。

だが、今更そんなことを言っていても仕方がない。問題は『空白の三年間』をどうするか、だったが、そこで麗佳が机の奥から取り出してきたのが、このUSBメモリーだった。

「もしかしたらデータが残っているかもしれません」

「この中に？」

「はい。当時使っていたパソコンを新機種に入れ替えたときにデータを移動させるのに使ったものです。大容量すぎてそれからあとは使っていなかったので、もしかしたら……と思いまして」

「そうか。じゃあ調べてみよう」

斎木は直ちにUSBメモリーを自分のパソコンに差し込み、データを調べ始めた。文書タイトルをざっと眺めて麗佳に確認する。

「これ……かな？」

「それです。その、タイトルに二〇一一年から二〇一三年と入っている分」

「なるほど、確かに顧客名簿だな。助かった！」

第二話

斎木はひどく嬉《うれ》しそうにしている。やはりデータとして用いるからには、空白部分があるのは望ましくないのだろう。パソコンからUSBメモリーを抜いて、日和に渡しながら言う。

「じゃあ梶倉さん、あとは任せた」

「はい。紙の名簿分を入力して、このUSBメモリーにある分と、今クラウドに上がっている分と合わせればいいんですよね?」

「そのとおり。本当にゆっくりでいいからね」

「わかりました」

かくして日和は作業を始めた。

斎木は急がなくていいと言ったが、先送りにしていてはいつまでも終わらない。一日の業務の中に一定時間入力作業を取り込み、少しずつ進めていった。その結果、二ヶ月弱で入力作業が終了し、あとはUSBメモリーに入っているデータと合わせてクラウドに上げるだけとなっていたのだ。

その作業中の事故でUSBメモリーが曲がってしまった。しかも、ついさっきパソコンに差し込んだところなのでバックアップを取っていない。今まさに、やろうとしていたところだった。

麗佳が悲愴《ひそう》な顔で訊ねる。

「データは読み込めそうにない?」

「無理みたいです。そもそも差し込めません」

「作業をしていたパソコンにデータが残ってたりしない? 前に一度、確認のためにデータを呼び出したはずでしょ? そのときに保存はしなかったの?」

「それが……」

斎木からUSBメモリーを受け取ってすぐ、データを呼び出して保存した覚えはあった。だが、紙の名簿の入力作業が終わったので、『空白の三年分』と合わせてひとつのデータにしようと捜してみたら、保存したはずのファイルが見当たらなかった。あったのは、数ヶ月前に処理が終わっていらなくなったファイルだ。

実は二、三日前にパソコン内のファイルの整理をした際、このファイルは大容量でパソコンの負担になるからと削除した記憶はある。それが残っているのだから、削除したのは別のデータ——つまり、USBメモリーから移したはずのデータだったに違いない。

パソコンが落下したのは、ないものは仕方がない、と麗佳から預かったUSBメモリーをパソコンに差し込んで作業を始めようとした、まさにそのときだった。

我ながら、なぜこのタイミングでそんなミスが重なったのかわからない。USBメモリー、あるいはパソコン内のデータのいずれかが無事ならなんの問題もなかったのに……

「紙の名簿の分のデータは無事なの？」

麗佳は、ひとつひとつ状況を確認していく。なんとかならないかと必死に考えてくれているのだろう。

「それは問題ありません。作業をするたびにクラウドに上げてましたから」

「不幸中の幸いね。せっかく入力した分が水の泡になったらやりきれないわ」

「むしろ、そのほうがマシでした。入力し直せば済むんですから」

第二話

　持ち帰りでもなんでもして、もう一度入力すればいい。思ったより早く作業が終わったとはいえ、もともとは期限を切られた仕事ではない。事情を話せば斎木はわかってくれるはずだ。けれど、この三年分のデータについては紙の顧客名簿がないし、パソコン内にもクラウドにもない。物理的にUSBメモリーが損傷してしまえば、お手上げだ。

　保存したデータをうっかり削除してしまった自分を責めたところで後の祭りだった。

「空白の三年分か……」

「すみません。せっかく見つけてくださったのに……」

「仕方ないわよ。もともとこのUSBメモリーが残っていたのが奇跡みたいなものだったんだから」

　もしかしたらなにかに使うかもしれないと思って取っておいたのは自分の貧乏性ゆえ、普通なら十年も前の、しかも今は使っていないUSBメモリーなんて処分されていても不思議ではない。そもそもデータが呼び出せない可能性のほうが高かった、残念だけどもともとなかったものと思うしかない、と麗佳は慰めてくれた。

「私がパソコンを落とさなければ……もっと気をつければよかった……」

「どれだけ気をつけても事故は起こるものよ。こんな言い方は悪いけど、ノートパソコンの宿命。デスクトップならこんなことにはならなかったでしょうに」

「そこですか……」

　どこにでも持って動けるノートパソコンはとても便利だ。取引先や出張にも持って行けるし、在宅勤務でも使えることから、ここ数年、パソコンの入れ替えの際は、もっぱらノートパソコンが採用されている。

けれど、麗佳は根っからのデスクトップ派で、外で頻繁に打ち合わせをするわけではない総務課には、持ち運びできるかなんて関係ないし、モニター画面が大きくて、キーボードも使いやすいデスクトップこそ事務仕事には最適、おまけに軽量化を求めない分、同じスペックでも値段も安い、と主張していた。

「やっぱり事務所で使うパソコンは、デスクトップにすべきよ」

「どうでしょう……それでも私、差し込んであるＵＳＢメモリーの真上に商品カタログとか落としちゃってたかも……」

「あり得ないでしょ。商品カタログなんてとっくに電子化されてるし」

そこまで卑下することはない、と笑ったあと、麗佳は言った。

「空白の三年以外はクラウドにデータがあるのだから、それでよしとしてもらいましょう。ただし、斎木課長にはちゃんと報告するのよ」

「わかりました。お帰りになり次第……」

そのとき斎木は、社長の小宮山とともに展示会に出かけていた。これから発売される事務機器を取り揃えた展示会で、小宮山が、今後どの商品を取り扱うかを決める上で、コンピューター関連に詳しい斎木の意見が聞きたいというので、ふたり揃って出かけた。

出かけてから三時間以上になるから、そろそろ戻ってくるころだろう。戻ったらすぐに、事の次第を報告すると約束し、日和は斎木の帰りを待った。

第二話

三十分後、帰ってきた斎木に報告したところ、彼は予想以上に残念そうな顔をした。折れ曲がってしまったＵＳＢメモリーを見つめる悲しそうな目に、日和も泣きたくなった。おそらく、斎木の頭の中には、過去のデータを使ってやりたいことがたくさんあったのだろう。

それでも日和を叱ることも責めることもせず、紙ベースの名簿入力が思ったよりずっと早く終わったことを褒めてくれる斎木に、さらに申し訳なさが募る。

ハードディスクやクラウドの利用に慣れて、ＵＳＢメモリーの物理的脆弱《ぜいじゃく》性を重視しなかった自分を責めても責めきれない気分だった。

しかも、間の悪いことに日和は来週の月曜日、有給休暇を取っている。こんな失敗をしておきながら自分だけ休むなんて許されない。いっそ有休は返上して明日も休日出勤しようと思ったが、斎木も麗佳もあり得ないと言う。それとこれとは話が別、むしろ、しっかり休んで気分を切り替えろと勧められてしまったのだ。

有休を取ったのは言うまでもなく旅行をするためだ。

こんな気分で旅行に行っても楽しめそうにないけれど、新幹線の切符は予約しているし、ホテルはとっくに手配済みだ。なにより、今回のホテルの場合、前日の中止は五〇パーセントのキャンセル料がかかる。無駄としか思えないキャンセル料を払うぐらいなら、たとえ楽しめなくても行ったほうがいい。

そんな判断のもと、日和はベッドから起き上がり、のろのろと旅支度を始めた。

ドロエビと新潟味噌

妙高

——ああ……人でいっぱいだ……

一晩寝ても、落ち込んだ気分は回復してくれなかった。

東京駅の山手線《やまのて》ホームから新幹線乗り換え口へと向かいながら、日和は人波に圧倒されそうになっていた。

利用者たちはそれぞれのホーム、あるいは改札口を目指して移動する。大きなリュックを背負っている者、キャリーバッグを引っ張る者、二人、三人どころか五人以上のグループ客もいる。かつての東京駅では、衝突事故を避けるべく人波を縫って歩くのは当たり前、真っ直ぐ歩けることなどまれだった。

けれど、ここ数年、東京に限らず全国、全世界の人々が移動を制限されたせいで、駅は閑散としていた。とりわけ通勤客が半減する週末は、本当に東京駅なのかと疑うほどだった。

だが今、日和は人波に揉まれている。

かつてと同じ、もしくはそれ以上の人出の中、東北新幹線乗り換え口に行こうと京葉《けいよう》線方面から流れてくる人の群れを越えるのに四苦八苦しているのである。

例年にないと言われた厳しい暑さも、九月に入れば少しは和らぐはずだ。秋が深まるにつれ、旅に出る人も増える。賑《にぎ》わいが戻ったのは喜ぶべきことに違いないが、どこに行っても人だらけで見たいものも見られないようでは困る。それに、どんなに美味《おい》しいご当地グルメがあっても、食べたい人が多ければ売り切れかねない。

様々な要素を検討した結果、九月初めを選んだのだ。にもかかわらず、駅は人で溢《あふ》れている。き

第二話

っと、日和と同じように考える人、もしくは夏休みのうちに旅行をしようと思った大学生が多かったのだろう。

賑わいが戻ってきたのは嬉しいけれど、ここまで人でいっぱいじゃなくていいな、などと自分勝手な感想を抱きつつ、柱が緑色に塗られた改札を目指す。

今から日和が乗ろうとしているのは北陸新幹線『はくたか』金沢行きだ。ただ、終点まで行くわけではない。途中にある上越妙高《じょうえつみょうこう》駅で在来線に乗り換え、春日山《かすがやま》、高田《たかだ》と巡って本日は高田に泊まり、翌日は日本海沿いに移動して村上《むらかみ》まで行き、三日目に新潟から新幹線で東京へ戻る——そんな二泊三日の旅だった。

新潟は、太平洋側の静岡か、日本海側の新潟かと言われるほど広い。これはなにも面積だけの話をしているわけではない。電車や車で移動しようとする際の実感としての広さである。

東名《とうめい》高速道路のサービスエリアをいくつ越えても静岡県を抜けていない。日和も何度か、まだ静岡なの!? と驚きの声を上げたことがある。父によると、同じことが新潟にも言えるそうだ。日本海側の道路を走っても走っても新潟、体感的な広さは静岡県以上らしい。

日和が、次の旅は新潟に行きたいと言ったとき、父はかなり真剣な目で言ったものだ。

「新潟はいい。水と米がいいから酒は旨《うま》いし、海の幸、山の幸が目白押しだ。ただし、とにかく移動に時間がかかるからしっかり調べてスケジュールを立てていけよ」

この二泊三日の旅には、父の助言に従って一生懸命調べた結果が詰まっている。

新幹線が新潟まで延びていることから考えて、一泊二日で大丈夫なのでは？　と思っていたが、とんでもない誤解だった。日和が行ってみたいと思う場所を繋げたら、二泊三日でも足りなかった。本当は新潟市内もゆっくり観光したかったのだが、これでは無理だ。新幹線ですぐに行ける距離だからこそ再訪はそう難しくないと判断し、駅の周りをちょっと見る程度に止《とど》めざるを得なかったのである。

――春日山から高田なんて、もう完全に『城オタク』じゃない！

自分で自分を笑いながら、新幹線の扉が開くのを待つ。

いつもながら新幹線の清掃クルーはすごい。噂によると七分で車内清掃を終えてしまうそうだが、そんな技術を持つクルーは世界中を探しても日本にしかいないし、そもそも終着駅に着くたびにこんなに丁寧に掃除をすること自体、外国人は驚愕《きょうがく》するだろう。

日本の『おもてなしの心』はこんなところにも表れている。とはいえ、掃除をしてくれるから汚していいなんてことにはならない。この大忙しの方々の負担を少しでも減らせるよう、今度もできる限りきれいに使おうと思う日和だった。

新幹線のドアが開き、清掃クルーが次々と出てくる。さっと一礼して去って行く姿は『プロ』そのものだ。感謝とともに乗り込んだ日和は、自分の席に向かう。

いつもどおりの三人席の通路側は、気軽に席を立てて好ましいのだが、走り出すまでは落ち着けない。窓側席の人が早く来てくれないかな……と思いつつ、浅く腰掛けて待つ。だが、新幹線が走り出しても奥の二席は空いたままだった。

――意外と空《す》いてるのね。やっぱり新潟は冬が人気なのかもね……

第二話

言わずとしれた雪国、温泉が豊富な県でもある。スノースポーツはもとより、温泉も冬のほうが楽しめるかもしれない。なにより冬の新潟は美味しいものが揃っている。さらに冬ではなくても、今年は九月にも十月にも三連休がある。日和のように有休を取らずに旅をしようと思えば、連休を利用するに違いない。

いずれにしても空いているのはいいことだ、と頷《うなず》きながらシートに深くもたれる。だが、ものの五分で上野《うえの》駅に到着、日和は身を起こすことになった。

上野駅で日和の奥、窓側の席が埋まった。次の停車駅である大宮《おおみや》でもかなりの人数が乗ってきた。車内を見回すと空いているのは二列席の一部と、三列席の真ん中がちらほら……。もうすぐ高崎《たかさき》というあたりで車内アナウンスが流れてきた。

「本日、この列車の指定席は満席となっております。お席を間違えないようお気を付けください」

こんなアナウンスを聞いたのは初めてかもしれない。新潟は冬のほうが人気、なんて勘違いもいいところ、日和同様、初秋の旅行を楽しみたい人も多いのだろう。

高崎で隣の席も埋まり、どこを見ても空席がない状態で列車は進む。東京を出てから二時間ちょうどで、新幹線は上越妙高駅に到着した。

初めて降りた駅のはずなのになんとなく見覚えがある。そういえば上越妙高は、超有名動画配信者兄弟の故郷だった、たぶん動画で何度か見たのだろうな、と思いながら、案内表示を頼りに移動する。

最初の目的地の春日山に行くためには『妙高はねうまライン』に乗らなければならない。

妙高

『妙高はねうまライン』は『えちごトキめき鉄道』が運営している鉄道路線で、妙高高原《こうげん》駅と直江《なおえ》津《つ》駅を結んでいる。もともとは信越《しんえつ》本線の一部だったが、北陸新幹線が長野駅から金沢駅まで延伸した際、並行在来線として経営分離されたうちの新潟県内の区間にあたる。ちなみに、昨年訪れた長野を通る『しなの鉄道』も同時期に一部経営分離されたそうだ。

『はねうま』とか『トキめき』とか、聞くだけでうきうきしてしまいそうな名前だが、歴史そのものはうきうきという感じではない。新幹線は便利だが、それは長距離を移動する人に限っての話、在来線が切り離されて不便を感じている人は少なくないのかもしれない。

長距離移動者は運賃もたくさん払う。だからといって地域の足に影響が出るようでは困るよねえ……とため息をつきながらホームに行く。そこで待っていたのは、銀色とエメラルドグリーンの電車だった。

——へえ、ワンマンなんだ……ドアが閉まってるけど……

清掃中の新幹線でもない限り、ホームに止まっている電車のドアは開いているものと思っていたが、目の前の電車のドアは閉まっている。

ここは始発駅だし、時間が来れば開けてくれるかな、と思っていると、小柄なお年寄りがドアの横についていたボタンを押した。ドアは直ちに開き、お年寄りが乗り込んでいく。どうやらこの電車は自分でドアを開けるシステムらしい。

お年寄りに続いて乗り込み、空いていた席に座る。やれやれと引っ張っていたキャリーバッグの取っ手を縮めていると、外から風が吹きこんできた。心地よい風に頬を撫《な》でられたとき、日和はドアを自分で開閉する理由に思い至った。

——これ、今は気持ちいいけど、冬だったらすごく寒いよね。開けっ放しじゃ雪が降り込むかもしれないし、車内の空気が全然暖まらない。なるほど、寒いところならではの仕様なんだ……

長野で乗った長野電鉄は首都圏の引退車両を使っていたから、こんなボタンはついていなかったが、独自の車両を作っていたらやっぱりボタン付きだったのかもしれない。

同じ電車でも気候や土地柄によって全然違う。南北に長く気候の差が大きい日本はとりわけバラエティーに富む。新しい発見やそれについて考えることで、仕事をしくじって落ち込んでいた気持ちが少しだけ楽になる。まだまだ学べる、まだまだ進める、そんなふうに思える。

こんなときに、と思ったけれど、やっぱり旅に出てよかったと改めて感じる日和だった。

第二話

乗車すること十一分、日和は春日山駅に降り立った。

降りるときもボタンを押してドアを開けるシステムだったが、これも地元の方らしき人が開けてくれて続いて下車。ちょっと押してみたかったな、と思いながら日和は改札を出る。

ここでは春日山城跡や林泉寺《りんせんじ》、春日神社などを見る予定だ。駅から少し離れているので、バスに乗らなければならないのだが、そのバス停が見つからない。

いや見つからないのではない。バス停はあるのだが、案内表示がとても複雑で、どのバスがどういうルートでどこに向かうのかまったくわからない。おまけに、一時間に一本とか、二時間に一本ぐらいしか便数がなく、乗り間違えたら悲惨な結果を招く。途方に暮れるとはこのことだった。

——わかる、わかるよ！　これだけしか便数がないのに行き先毎にバス停を作ったり、案内図を作ったりなんて面倒だよね！　でもさ、慣れてない人間には使いこなせないよー！

移動手段はもっぱら自家用車で、時折バスに乗る。日和にとってのなにより強い旅の味方、乗り換え案内が機能しない町——それが、春日山の第一印象だった。

電車はもちろん、飛行機だってそろそろ乗り慣れた。レンタカーだって普通に使える。それでもなおバスはままならない。こんなことなら有料のバス時刻案内アプリを入れておけばよかった、と後悔しつつ時刻表を凝視する。やっぱりわからなくて、もうあきらめようかと思ったところにバスが近づいてきて、目の前に停まった。

どうやら市内にある大きな病院に向かう循環バスらしい。乗車口の上の行き先案内を見た日和は、心の中で歓声を上げた。

行き先案内の中に『春日山下』という文字がある。春日山に行きたいのだから『春日山下』で降りればいいに違いない。

大急ぎで乗り込み、空いていたシートに座る。足下にキャリーバッグを引き寄せたところで、はっとした。

——しまった。キャリーバッグを預けようと思ってたんだった……でも、コインロッカーなんてなかったよね？

ただ春日山は歴史好き、城好きがこぞって訪れる町だ。春日山の登り口あたりに観光案内所があるかもしれないし、そこならコインロッカーもあるかもしれない。とりあえず駅にコインロッカー

第二話

はないし、もうバスに乗ってしまったのだからどうしようもない。万が一預けるところがなかったとしても、キャリーバッグだから引っ張って歩く分にはそれほど邪魔にはならないだろう。

そんな判断のもと、キャリーバッグとともにバスに揺られる。のどかな町だなあ……と感心していると十分ぐらいで『春日山下』停留所に到着した。

たぶんこっちのほうだろう、と見当を付けて歩き出すと、すぐに『史蹟《しせき》　春日山城址《じょうし》』という案内板があった。やはり春日山への登り口はここで間違いなかったようだ。

キャリーバッグをカラカラ言わせながら真っ直ぐに進んでいく。少し先に公民館のような建物が見える。観光案内所ではなさそうだな、と思いながら近づいてみると玄関の上に『上越市埋蔵文化財センター』と書かれていた。

——埋蔵文化財かあ……たぶん、土器とか瓦《かわら》とかのかけらだよね。正直、あんまり興味はないけどここなら荷物を預けられるかも……って、ここ観覧無料だ！

無料なら見ない手はない。それほど大きな建物ではないし、一回りしてもさほど時間はかからない。先ほどから雲行きが怪しく、雨粒が当たり始めていたこともあって、日和は『上越市埋蔵文化財センター』に入ってみることにした。

入り口付近にも玄関を入ったところにもコインロッカーはなかった。それでも雨宿りはできるからOK、とキャリーバッグと一緒に中に入っていく。展示物は出土品ばかりかと思っていたが、鎧《よろい》や兜《かぶと》もあり、越後《えちご》の武将上杉謙信《うえすぎけんしん》について知ることができた。

——へえ『越後の龍上杉謙信vs甲斐《かい》の虎武田信玄《たけだしんげん》』だって……なんかこのふたり、どっちがどっちかわからなくなるんだよね。『しんげん』と『けんしん』って語呂《ごろ》も似ていない？

失礼極まりないことを思いつつ、越後と甲斐の武将対決についての案内を読む。上杉謙信は『謙信公』と書くが、武田信玄はただの『信玄』だ。『公』のあるなしはなにか根拠があるのだろうか。はたまたただの身内贔屓《びいき》？　と疑問に思ってスマホで検索してみる。結果として『公』は敬称で、謙信は自分たちの国を治めていたのだから『公』をつけ、信玄はよその国の人だから『公』はつけないということがわかった。やっぱり身内贔屓なのかも、と思いながら玄関に向かう。

無料にしてはなかなか……なんて『上から目線』の感想を抱きつつ受付を通り過ぎようとしたところで、『御城印』と書かれた貼り紙を見つけた。『御城印』というのは城が発行している登城記念証で、城巡りを愛好する人たちの間で人気となっているらしい。位置づけとしては『御朱印』のお城版といったところだろう。

なんだか趣のある字だし、いい記念になる……と受付に近づくと、先客がいた。しかも、なにやら不思議なことを言っている。

「え、高田城のはないんですか？」

ここは春日山だ。城跡だけしかないとはいえ春日山城の『御城印』があるのは当然だが、高田城はここから七キロ近く離れた場所にある城だから、ここにあるわけがない。

なんであると思ったのだろう、と首を傾げていると、五、六十代らしき女性はさらに食い下がる。

「でも、私の友だちがここで高田城の『御城印』を出してもらったって言ってました」

そこで受付の人が、ああ……と頷いたあと、申し訳なさそうに言う。

第二話

「それはきっと月曜日だったのでしょう。月曜日は高田城の三重櫓《やぐら》が休みなので、ここで『御城印』を出しているんです」

「……そうだったんですか」

そして女性は、春日山城の『御城印』だけを出してもらって帰っていった。月曜日毎に出しているなら、おそらく高田城の『御城印』もここにあるに違いない。無理強いせずに諦《あきら》めたところを見ると、常識的な人だったのだろう。

そうか、月曜日に来れば、ここで両方もらえたのか……と思ったものの、日和はこのあと高田に行く。三重櫓にも行くつもりだから、ここでもらうことはない。そもそも、春日山城の『御城印』が欲しいと思ったのも、墨跡鮮やかな城の名と灰色の模様のような透かしというシンプルなデザインが気に入ったせいだ。調べてみると高田城の『御城印』は、神社仏閣の『御朱印』同様、朱色の印がたくさん押されているもので、あえて欲しくはないかな……という感じだった。

玄関から外を見ると、幸い入る前よりも空は明るく、雨も止んでいるらしい。荷物は預けられなかったけれど、謙信『公』や信玄について知ることができ、調査室の窓から作業中の研究員の姿も見られた。出土品の整理や復元をしているそうだが、見るからに根気がいりそうな作業だ。

歴史の解明はこういう方々の努力に支えられているのだろうけれど、自分には到底無理。なにせパソコンを落としてUSBメモリーを折り曲げてしまうようなうっかり者だ。大事な出土品を壊してしまったら洒落《しゃれ》にならない。

せっかく素敵な『御城印』を手に入れたのに、自分の失敗を思い出して落ち込んでしまった。挽《ばん》回《かい》できるような手柄を立てるまでこのままなのかな……とがっかりしながら外に出る。

案内板によると、ここから春日山城跡までは徒歩二十分ぐらいだそうだ。

雨も止《や》んだことだし、登城記念証をもらったのに行かないというのはやっぱりよくない。城跡の見学がてら春日山神社にもお参りしてくることにしよう。

三百円と引き換えに『御城印』を出してもらい、キャリーバッグのポケットに入れる。カラカラと賑やかなバッグだけど、外側に大きなポケットがついているから、パンフレットなどを折り曲げずにしまえる。

やっぱりあんたっていい子だよね、とキャリーバッグを引っ張って歩き出す。十分もしないうちに、その『あんたっていい子』を撤回することになるとは思ってもみなかった。


――ちょっとあんた、なんでそんなに重くなっちゃったの!?

日和は、キャリーバッグを振り返って文句を言う。

だが、キャリーバッグにも言い分はあるだろう。荷物を詰め込んだのは日和本人だし、出発したときから重さは変わっていない。正確には『御城印』一枚分重くなったかもしれないが、誤差でしかない。『重くなっちゃった』のではなく、もともと重かった。その重さを感じずにいたのは、平地しか移動していなかったからだ。

だが今、日和は坂を上っている。しかもかなりきつい坂道で、日頃から運動不足の日和は息切れ寸前だ。その上、重力に逆らいまくってキャリーバッグを引いているのだから、腕どころか肩まで悲鳴を上げていた。

――名前を見れば、春日山城が山の上にあることぐらいわかりそうなものじゃない！　これまで散々山城には苦労してきたくせに、なんで登ろうと思ったのよ⁉

自分を責めたところで坂が緩くなるわけではないし、引き返すのは悔しすぎる。城跡はともかく、春日山神社だけでもお参りしたい。なんといっても春日山神社は、上越市屈指のパワースポットだ。失敗の禊《みそ》ぎをかねてしっかりお参りしたかった。

さっきまで城跡見学のついでみたいに考えていたくせに、今では春日山神社がメインになっている。さらに『御城印』をもらったのに行かないなんて、という考え自体が、『御城印』をもらったのだから行ったのと同じ、に変わっている。

それほど、キャリーバッグを引っ張っての春日山登りは大変だった。今後旅の予定を組むときには、必ず荷物を預けられる場所の確認をしようと心に誓ったころ、ようやく『春日山神社』の案内板が見えてきた。

どうやらここが神社への登り口で、ここから先は『引っ張って』が『持ち上げて』に変わる。それでも、なんとなく足取りが軽くなったのは、目的地がすぐそばに迫ったから、あるいは強力なパワースポットの影響をすでに受けているからかもしれない。

辛うじて元気を取り戻した日和は、キャリーバッグをよいしょっと持ち上げ、石段を上る。

腕と肩にさらなるダメージを受けつつ上り切った先にあったのは、『春日山神社』と大きく書かれた石碑と石造りの鳥居、そしてものすごく落ち着いた色合い、『質実剛健』を形にしたようなお社だった。

なんでもこの『春日山神社』は山形県米沢《よねざわ》市にある上杉神社から分霊され、上杉謙信公を祭神に祀《まつ》った神社だそうだ。さすがは軍神と名高き『謙信公』、浮かれたところは微塵《みじん》もない。赤い鳥居や社なんて目立ちすぎて、すぐに敵に見つかってしまうじゃないか！ とか言い出しそうな気がする。朱塗りにしたそうにしている宮大工を追い返す謙信の姿を想像してくすりと笑ったところで我に返る。こんなことを考えていては罰が当たる。軍神のお怒りに触れないうちにお参りだ、と賽銭《さいせん》箱に硬貨を入れて手を合わせる。

無事にここまで来させてくれてありがとう、と心の中でお礼を言い、さっさと踵《きびす》を返す。厳粛な神社の空気が少々重かったのと、帰りも同じ道のりを歩かなければならないとわかっていたからだ。ただ、その時点で『同じ道のり』に止まらないとは夢にも思っていなかった。

大変なことになったと気付いたのは、お参りの効果か、単に下りだったからかは定かではないが、行きよりも遥《はる》かに楽に『上越市埋蔵文化財センター』の前まで戻ってきたときだった。

――ちょっと待って……次のバスまで一時間半もあるの⁉

日和はバス停の時刻表を見て呆然《ぼうぜん》とする。はっきり言って『スカスカ』だ。春日山駅前のバス停にはもっとたくさん数字が並んでいたが、あれは時刻表を一枚に集約していたからで、行き先別に時刻表を作ればこんな感じになるのかもしれない。上越市の公共交通事情に打ちのめされた気分になってしまった。

時刻は午後一時を過ぎた。昼ご飯はまだ食べていないから、近くに食事が出来るところでもあれ

第二話

ばなんとでもなるが、それらしき店は見当たらないし、検索しても出てこない。自然豊かでのどかな風景ではあるが、さすがに一時間半も眺めていられる自信はない。

道案内アプリによると、ここから春日山駅までは歩いて二十分らしい。それなら駅に向かおう。途中でお店があればお昼を食べることも可能だろう。

山を下りてくるのが意外に楽だったのはこの伏線か。これならなんとか駅まで歩ける。さすがは上杉謙信、とんでもない策士だ、などと考えながらひたすら歩く。上杉謙信と今の日和の歩行はまったく関係ないとわかっていても、そんなくだらないことでも考えていないと疲れよりも空腹で倒れそうだ。時刻を意識したとたんにお腹が空いていたことを思い出すなんて、ずいぶんいい加減な身体だ、と呆《あき》れてしまった。

駅まで歩く間に何軒か食堂らしき店があったが、入ることなく通り過ぎた。お腹は盛大に鳴っていたが、歩いているうちに大事なことを思い出したからだ。

——そういえば『妙高はねうまライン』だって一時間に二本ぐらいしかなかった。通勤時間帯じゃなければもっと少ないのかも……

春日山駅に着けば終わりではない。今日の宿がある高田まで移動するために電車に乗る必要がある。慌てて調べてみると、案の定、次の高田方面行きの電車は午後一時三十八分、その次は午後二時三十分となっている。明日は午前中に高田を出る予定だから、今日のうちにできるだけ高田の町を見ておきたい。現在時刻は午後一時十五分、のんびり食事をしている場合ではなかった。

午後一時二十分、日和は春日山駅に到着した。家を出てからなにも食べておらず、空腹は限界だ

妙高

が、もちろん食事をする時間はない。

日和の旅の楽しみの半分以上は食だ。あれこれ食べて、次の食事時刻までにお腹が減らずに苦労したことは多いが、空腹で倒れそうになるのは珍しい。唯一覚えているのは奥入瀬《おいらせ》渓谷を歩いたときだが、あれは数時間後に料理自慢の宿の夕食が控えていたからだ。しかも、売店で買った南部《なんぶ》せんべいで一時しのぎもできた。

——あの南部せんべいはものすごく美味しかった。チーズ味の南部せんべいなんて初めてだったし、奥入瀬を歩き回ったあとのあのしょっぱさは神……

新潟の改札前のベンチに腰掛けて青森の奥入瀬の想い出に浸る。しかも中身は南部せんべいとは……と苦笑したとき、日和は出かける直前にキャリーバッグにスナック菓子を入れたことを思い出した。

緑色の箱に入ったスティック型のお菓子で、母が子どものころから好きだったらしく、梶倉家のおやつにも頻繁に登場していた。軽い塩味で一箱に小袋がふたつ入っているから、兄妹で分けるのにもちょうどよかったのだろう。

大人になった今でも日和はそのスナック菓子が大好きで、コンビニで見かけるとつい買ってしまう。日和にとっては心の栄養、『あれば安心』という感じのお菓子なのだ。

今回荷造りしたとき、机の上にそのスナック菓子の箱があった。今回はもっぱら電車での移動だから、おやつを食べる時間もあるだろう、とキャリーバッグに突っ込んだ記憶があった。

高田から村上への移動に備えてのおやつだけれど、それはまたあとで買い直せばいい。今はとにかくこの空腹をなんとかしたい。その一心で日和はキャリーバッグから緑色の箱を取り出した。

――あー美味しい……見知らぬ土地でお馴染《なじ》みのおやつを食べるのも悪くないよね……てか、この味、やっぱりビールが呑《の》みたくなる！

そういえば大人になってからこの緑の箱は、おやつというよりもおつまみの位置づけに変わった気がする。週末の梶倉家では、両親が寝る前にお酒を呑むことも多いのだが、ビールやウイスキーのときはかなりの確率でこのお菓子が登場する。ポテトチップスやベビーサラミと一緒に紙ナプキンを敷いたきれいなお皿に盛られていると、『あんたも出世したわねえ』なんて話しかけたくなるのである。

スナック菓子に出世もなにもない。そもそもそのまま食べてもお皿に盛られてもお菓子はお菓子だ。それでもそんな気になるのは、このお菓子への思い入れが強いからだろう。

人気《ひとけ》のない駅の改札前ベンチで長細いスナック菓子を齧《かじ》る。強めの塩気とこんがり焼き上げられた小麦粉の旨みが、歩き疲れた身体に染み渡る。ここ数年、見知らぬ土地で食べたことのないものをたくさん食べたけれど、ふと入ったコンビニで手に取るのはお馴染みのお菓子だ。

未知との遭遇を支えるのは、既知の安心感なのか、と不思議な気持ちで一袋を食べきったところで、待合室から駅員さんが出てきて改札が始まった。

そういえば長野電鉄でも電車が来る直前しかホームには入れなかった。おそらく安全対策なのだろうけれど、電車が走っている限りいつでもホームに入れるのが当たり前と思っていた日和にとって、これまた不思議な体験だった。

二十分近く待って電車に乗り込み、およそ五分で高田駅に到着した。

今日の宿は駅から歩いて三分のところにある。春日山で空を覆っていた低い雲は、駅で待っている間にどこかに去ったらしく、青空が広がっている。高い建物に遮られることのない青空を楽しみながらのんびり歩き、ホテルに入る。まだチェックインタイムになっていなかったので、荷物を預けて町歩きに出かけることにした。

ホテルを出てすぐのところから始まる商店街をのんびり歩く。

春日山駅で休憩したおかげで、足の疲れが取れたのがありがたい。『春日山神社』から春日山駅まで四十分近く歩きづめだったから、そのまま電車に乗って五分でこの町に到着したら、そのままチェックインタイムまでロビーで座っていたかもしれない。しかもスナック菓子の小袋をひとつ食べただけだから、お腹はまだまだ空いている。商店街での食べ歩きを楽しむこともできるはずだ。揚げたてのコロッケが買えそうなお肉屋さん、かりんとうまんじゅうのお店、外までお茶の香りが漂ってくるお茶屋さん……通りの向かいの和菓子屋さんには頻繁に人が出入りしているから、かなりの有名店なのだろう。

あれもこれも食べてみたいけれど、とりあえず通り過ぎる。高田に来た目的のひとつは、高田城を訪れることだ。道案内アプリによると、ホテルから高田城までは徒歩で二十分だそうだから、往復すれば四十分かかることになる。今は元気に歩けているけれど、帰りは相当くたびれているだろう。まず高田城を見に行って、ホテルに戻りながら食べ歩きをするほうがいい。道後温泉に行ったときは食べたいものを全部買ってホテルに戻って堪能《たんのう》した。晩ご飯を食べに行きたいお店はあるに

第二話

はあるが、疲れがひどいようならあのやり方でもよさそうだ。

いずれにしてもまずは高田城、と決め、『雁木《がんぎ》通りプラザ』を過ぎたところで道を折れる。曲がった先を真っ直ぐ進み、川を渡ったあたりで高田城三重櫓が見えてきた。

高田城は一六一四年に徳川家康《とくがわいえやす》の六男、松平忠輝《まつだいらただてる》の居城として築かれたが、一六六五年の『高田地震』で建物が倒壊、三重櫓が造られた。その三重櫓も一八七〇年に本丸御殿とともに火事で失われ、一八七三年の廃城令によって、残りの建造物もすべて取り壊されたそうだ。

今ある高田城三重櫓は、一九九三年に上越市が市政発足二十周年記念事業で再建したものなので、建てられてからまだ三十年しか経っていない。

『高田城三重櫓』がそれほど新しいものとは知らなかったが、今後は燃えたり崩れたり壊されたりすることがないといいな、と思う。

これまで訪れた町はかなりの確率で城のある町だった。やはり城下町というのは古くからたくさんの人が暮らしていただけあって、観光地になりやすいのだろう。高田の町も、この三重櫓を目当てにたくさんの人が訪れることで活気が生まれるに違いない。

堀のこちら側からスマホで写真を撮る。

三重櫓の中に入るかどうか悩んだ末、入らないと決めた。思ったより小さな櫓だったこともあるが、外から見ただけですっかり満足してしまったからだ。

深い青を湛《たた》える空に、真っ白な壁が映える。姫路城《ひめじ》のように大部分が白いわけではなく、壁のほんの一部が白いだけで、残りは茶色や灰色なのだが、それが逆に白を目立たせている。遠目には青空の中程にセンターラインを引いたように見えるのだ。

――櫓そのものはすごく落ち着いた色合い。でも白い部分が『ここに櫓があるよ!』って知らせてくれてる。控えめだけどやるときはやる、って感じ、憧《あこが》れちゃうなあ……

人間にもそういう人はいる。そして、そういう人に限って実力がある。『控えめ』という部分には自信があるから、あとは『やるときはやる』人になるだけでいいのだが、それがまた難しい。いつかそういう人になりたいものだ、と思いつつ、スマホをしまう。

すぐそばまで来ていながら中を見ない、ある意味いつもどおりの選択だ、と苦笑しながら堀に沿って歩く。少し先にあった『極楽橋《ごくらくばし》』の下に集まる錦鯉《にしきごい》を見たのを最後に、『高田城三重櫓』の見学は終了した。

高田観光の目玉は『高田城三重櫓』と『雁木通り』だそうだ。

『雁木通り』は『雁木』と呼ばれる雪を避《よ》けるための長い庇《ひさし》が連なる通りで、道に沿って様々な店がある。なるほど、元祖アーケード街ね、と思いながら行ってみると、『雁木』はよくあるアーケードより遥かに頑丈そうな造りになっていた。

上越市はかなりの豪雪地帯である上に、雪そのものが水を含んで重い。生半可な造りでは重さに耐えられず崩落しかねない。雪国に暮らすということは、それだけで大変だと痛感させられた。

あと三ヶ月ほどで雪の季節がやってくる。今歩いている『雁木通り』の風景も一変するに違いない。雪景色は以前函館でも見たけれど、この町の雪景色はどうちがうのだろう。

確かめてみたい気持ちもあるけれど、やっぱり観光には足下の不安がないほうが嬉しい。とりわけ、あの春日山神社に至る坂道が雪に覆われたら途方に暮れる。坂道の一番下で適当に手を合わせ、春になったらまた来ます、なんて退却してくる自分が目に浮かんだ。

とにかく今、足下に雪はない。楽々歩けることに感謝しつつ、『雁木通り』を歩いてホテルに向かう。驚いたのは、途中に二軒も書店があったことだ。しかも、いわゆる大手チェーンではなく、昔ながらの『町の本屋』である。

――うわあ……こんな本屋さんは、東京にはもうほとんど残ってないのに、ここには二軒もある！　もしかしたらこの町の人は、本をお供に冬を過ごすのかな……。だとしたら、素敵すぎない？

日和は子どものころから本が大好きで、ひとり旅を始めるまでの趣味は読書だけだった。そんな日和にとって、雪に降りこめられる長い夜を本を読んで過ごすなんて理想そのものだ。

実際には大変なことが多いに違いないけれど、ちょっと住んでみたくなる。もう一泊ぐらいすればよかった。そんなことを思いながら、日和はさっきたくさんの人が出入りしていた和菓子屋に入る。

なんやかんやでまた三十分以上歩いてしまった。足はもうちょっとで棒になる、という感じだ。歴史ある町の和菓子が美味しくないわけがない。疲れた身体を、和菓子の優しい甘みで癒《いや》したかった。

ショーケースの中に和菓子がずらりと並んでいる。どれも美味しそうで、全部買いたくなってしまうが、そんなにたくさんは食べられないし、お土産にしたくても家に帰るのは明後日《あさって》の夜だ。和菓子は日持ちがしないから、今買ったところで家に帰るまでに傷んでしまうかもしれない。

やむなくふたつだけと決め、散々悩んで栗きんとんと生マスカット大福を買う。

ふたつの和菓子を紙袋に入れてもらい、少しだけ元気を取り戻して外に出る。

時刻は午後四時になるところだ。夕食に行ってみたい居酒屋さんがあるから、ここでお腹いっぱいになるわけにはいかないが、もう少しぐらいなにか食べておきたい。温かくて、散々歩き回って失った体力をすぐに回復させてくれそうなにか、となるとやはり揚げ物だろう。

来るときに通った肉屋さんに戻り、店に入ってみる。揚げ物を売っているのは一番奥のコーナーで、コロッケをはじめとして唐揚げやトンカツ、チキンロールなどが並んでいる。コロッケが残っている数が一番少ないのは、やはり人気商品だからだろう。

小ぶりでいかにも食べ歩きに向きそうなコロッケが『さあ、食べて！』と誘っている。食べたらきっとサクサクで、口の中でほろりと崩れ、ジャガイモ特有の甘みが広がるに違いない。これは食べない手はない、と注文しようとしたのに、なぜか日和の口から出たのは違う言葉だった。

「メンチカツとカニクリームコロッケをひとつずつください」

「はーい」

四十代ぐらいの女性が明るい声で返事をしてくれ、すぐにパックに詰めて包んでくれた。

ところが、渡された包みに温《ぬく》もりがなかった。頼めば揚げたて、あるいは温めてもらえたのかもしれないが、もう包まれているし、これを返して揚げたてをくれという勇気はない。

人気のコロッケなら次々に売れていくから温かいものにありつけたのかな、と残念に思ったけれど、メンチカツの『タンパク質感』とカニクリームコロッケのホワイトソースのクリーミーさを楽しみたかったのだから仕方がない。

店の人だって、大きな荷物も持たずにふらっと入ってきた客が、ホテルで揚げ物をむさぼり食うなんて考えていない。昼食時はとっくに過ぎているし、夕食にはまだ早い。すぐに食べないなら、揚げたてを渡す必要はないと思ったのだろう。

冷めていても美味しいのが本物よ、などと自分を慰めつつ店を出て、コンビニへ向かう。飲み物を買ってホテルの部屋で夜までゆっくりするつもりだった。

第二話

——すごくお肉だ！

ホテルの部屋に入るなり肉屋さんの包みを開けてメンチカツを食べてみた日和は、思った以上の『タンパク質感』に、にんまり笑った。

挽肉《ひきにく》だけあって、普通のお肉よりも吸収が早い気がする。もちろん、気のせいだ。肉の塊をそのまま呑み込むわけではないのだから、結果としては普通に切られたお肉も挽肉も吸収のスピードが変わるわけがない。だが、そんなことを考えてしまうほど、身体の隅々までエネルギーが行き渡るような感覚があった。

揚げたてならもっと美味しかったのかもしれないが、熱々ではこんなスピードでは食べられない。冷めているといっても、冷蔵庫に入っていたような温度ではないのだから、むしろちょうどよかった。

メンチカツを食べ終わった勢いで、カニクリームコロッケも食べてみる。ホワイトソースを舌の上で転がし、ゆっくりと味わう。これまた、熱々では出来ない芸当だ。なにせ揚げたてのカニクリームコロッケなんて爆弾みたいなものだ。カリッとした食感を『おお！』なんて喜んだのもつかの間、強烈な熱に舌を焼かれる。しかも粘度の高いホワイトソースはなかなか冷めず、口の中であっちにやったりこっちにやったり……それでもどこかを火傷《やけど》する。それが揚げたてのクリームコロッケというものだ。本来の味をこんなにゆっくり味わえるのは、揚げたてではなかったからこそなのだ。

メンチカツもカニクリームコロッケも素晴らしかった。冷めていても美味しいのが本物、という考えが間違っていないことを確認し、水を一口。そして、いよいよ、という感じでマスカット大福のパックを開ける。

近頃、スーパーやコンビニでは、ひとつずつ小さなパックに入れた和菓子が並んでいることが多くなった。スーパーやコンビニだけならまだしも老舗《しにせ》の和菓子屋さんも同様で、日和の母は、『ちょっと味気ないわねえ』と嘆いている。けれど、いわゆる『少量買い』をしたい客にとってはこの方法のほうがありがたい。大きなパックにひとつだけ入れてもらうのは申し訳ないが、もともと個別に包装されていれば気にならない。

この和菓子を買ったとき、店の人は小さな紙袋にぽんぽんと和菓子を入れて口を折り返してシールで封をして渡してくれた。時間にして一分もかからなかった。衛生的かつ乾燥を防いで美味しさそのまま。日和にしてみれば、このパックを発明した人は『おひとりさま』の味方と褒め称《たた》えたくなるほどだった。

第二話

マスカット大福は、餡《あん》の甘さとぶどうの酸味がほどよく溶け合っている。

シャインマスカットの登場以来、従来のマスカット——マスカット・オブ・アレキサンドリアを見かけることが減った気がする。だが、日和はどちらかというとマスカット・オブ・アレキサンドリアのほうが好きだ。お菓子に使う場合、濃厚な甘みのシャインマスカットよりも、爽やかな酸味を持つマスカット・オブ・アレキサンドリアのほうが向いていると思うのだ。

——ただ甘いだけではつまらない。人生と同じよ。

果物で人生を語るな、と苦笑しながらマスカット大福を完食。栗きんとんも食べられそうだが、さすがにこれ以上は夕食の妨げになる。食後のデザートとして取っておくことにして、日和は栗きんとんが入った紙袋の口を折り曲げた。

午後七時、ホテルを出た日和は、お目当ての居酒屋の暖簾《のれん》をくぐった。

あらかじめ夕食の店を決めてあるのは珍しい。輪島の割烹《かっぽう》はランチだったし、限られた時間の中で間違いなく美味しいものを食べたかったので調べていったが、夕食は宿に入ってから調べて、口コミで評判のいい店に行く、もしくは適当に歩いて感じが良さそうな店に入ることが多い。にもかかわらず、今日、夕食を取る店は旅に出る前に決めていた。

新潟県は日本有数の米所で、水もいいので、美味しいお酒がたくさん造られている。お米とお酒が美味しければ、当然それに合う料理も美味しいに決まっている。日本海では美味しい魚がたくさん獲《と》れるし、特産物には野菜や果物がずらりと名を連ねる。

ドロエビと新潟味噌

妙高

日和が入ったのは、それらをふんだんに使った料理をリーズナブルな価格で出してくれる店だった。

ひとりで居酒屋に入ることにもずいぶん慣れた。

ひとり旅をしていると言うだけでも驚かれることがあるが、旅先で『ひとり呑み』をすることがあると言うともっと驚かれる。日和の外見からは、そんなことをするようには見えないのだろう。

だが、日和が『ひとり呑み』ができるのは旅先に限ったことだ。『旅の恥は掻《か》き捨て』という言葉もあるし、せっかく行ったのならできる限りいろいろなものを食べてみたい。誰かとシェアできないひとり旅で美味しいものを少しずつ味わうには、居酒屋かビュッフェがいい。お酒も楽しみたい、となると居酒屋に限る。美味しい料理や酒を楽しめない虚《むな》しさに比べれば、ひとりで知らない居酒屋に入ることぐらいなんでもなかった。

「いらっしゃいませ！」

「ひとりなんですけど」

「はーい！　奥のカウンターへどうぞ！」

若いお兄さんの元気な声が響き渡る。

そういえば、いつのころからか飲食店に入ったときに『おひとりさまですか？』と訊かれることが減った気がする。ひとりで行動する女性が増えたことに加えて、今の日和のように堂々と『ひとり』だと言えるようになったことが大きいのだろう。

ひとりというのは悪いことでも寂《さみ》しいことでもなく、ただの事実だ。気の毒がられる理由は微塵もない。ひとりでも楽しめる。むしろ、ひとりを楽しみたいからひとりでいる。四年に及ぶひとり旅のおかげで、日和はそんな確信を持てるようになっていた。

第二話

案内されたカウンターには先客がひとり、スマホをいじりながらグラスを傾けていた。飲み物の色から考えて、酎《ちゅう》ハイかハイボールだろう。このところ、ずいぶんウイスキーのハイボールを呑む人が増えた気がするのは、やはりテレビコマーシャルの影響なのかな、と思っていると、カウンターの向こうから声がかけられた。おそらく三十代初め、間違っても四十の声は聞いていない感じの若い板前さんだ。

「なにをご用意しましょう?」

まずは飲み物からだろうな、と品書きを開く。

夏とはいえ、ホテルから数分歩いただけなので喉《のど》は渇いていない。いろいろ食べてみたいから飲み物でお腹をいっぱいにしたくもない。この店に来たのは、美味しそうな刺身の盛り合わせの写真を見たからだし、刺身にはやはり日本酒を合わせたい。

そんな考えから、日和は品書きの日本酒欄に目を走らせる。日和の視線の先に気付いたのか、カウンターの向こうの板前さんの目が、わずかに見開かれた気がした。

「あ、すごい……」

品書きの日本酒欄には『越後の地酒』とタイトルが付けられ、大吟醸、純米酒・吟醸酒、本醸造酒・普通酒に分けられ銘柄が並べられている。写真も添えられていてわかりやすく、なによりとても美しい品書きだ。並べられている銘柄は見開きだけで二十種近く、ページをめくった先も続く。

おそらく、ここに書かれていない『おすすめ』の銘柄もあるに違いない。

さすがは日本酒王国新潟だ、と感心せずにいられない。だが、日本酒はかなり好きだし、少しずつ呑み慣れてきているものの、日和はそれほど日本酒に詳しいわけではない。いくつかは知っている銘柄も並んでいるが、どうせなら呑んだことがないお酒を試してみたかった。なにせ、ここは新鮮な魚が売りの店だから、どれを選んでも全然合わないということはないはずだ。

そこで日和は、じっと待っている板前さんに声をかけた。

「一人前のお刺身の盛り合わせと『〆張鶴《しめはりつる》』をください」

「『〆張鶴』は一合でよろしいですか？」

「はい。冷酒でお願いします」

「はーい。『〆張鶴』冷酒で！」

酒の名前ではないが、しっかり張りのきいた声で注文を通したあと、目の前のショーケースから魚を何種類か取り出す。刺身の盛り合わせはこの板前さんが造ってくれるらしい。

ひとりで飲食店に入ると暇を持て余してついスマホに触りたくなるけれど、カウンター席は料理をするところが見られるので手持ち無沙汰《ぶさた》にならずにすむ。

なにより、魚を下ろす様子を見ているのは楽しい。一人前にしてはかなり大きなお皿が、みるみるうちにうめられていく。手入れの行き届いた包丁と腕の立つ板前さんの組み合わせに、これはもう芸術の域だと思わずにいられなかった。

感心しているうちに、ガラスの徳利《とっくり》と陶器の猪口《ちょこ》が届けられた。てっきり枡《ます》とグラスの組み合わせだと思っていたが、これはこれでいい。グラスから垂れる滴を気にせずに呑めるし、『手酌』というスタイルが、いっぱしの呑み手みたいで嬉しくなるからだ。

徳利から猪口に酒を注ぎ、少し呑んでみる。続いてイカゲソと青菜の和《あ》え物も一口。これは、お酒と一緒に運ばれてきた突き出しである。

イカゲソは柔らかく、酒のつまみにちょうどいい塩加減で量もしっかりある。この店は、お酒の品揃え同様料理の数もすごい。日和はあらかじめガイドブックを見て、刺身の盛り合わせを頼むと決めて来たけれど、そうでなければ目移りしまくったはずだ。まずお酒を頼んで、突き出しで呑みながらゆっくり料理を決める人が多いに違いない。

だが、日和はすでに料理の注文も済ませている。突き出しを半分も食べないうちに、刺身の盛り合わせが目の前に出された。皿の横には、魚の名前を書いたメモ用紙が添えられている。刺身の配置に合わせて書かれているから、どれがなんという名前の魚か一目瞭然《りょうぜん》だった。

黒ダイ、チカメキントキ、真ダイ、カガミダイ、ワラサ、アオリイカ、甘エビ、タチウオ、合計八種類の魚が美しく盛り付けられている。しかも角皿の右隅には串《くし》でぐいっと曲げられた鯛《たい》の頭と骨が飾り付けられている。一人前なのに宴会で出される舟盛りのような豪華さで、日和のテンションは『爆上がり』だった。

――すごいボリューム！　私にはちょっと贅沢《ぜいたく》なお値段だけど、頼んでよかった。この一皿で新潟の海の幸を満喫できるよ……

どの魚も角がピンと立っている。真ん中に配置されているアオリイカは、食べる前からねっとりとした甘みが想像できる。しかも添えられているのはおそらく生山葵《わさび》、それだけで刺身が、ひと味もふた味も上がることだろう。

刺身の盛り合わせは左前から右、あるいは味が淡泊な白身から食べるのが作法と聞いたことがある。おそらく父か母に言われたのだと思うが、確かに一番左の前列には白身のカガミダイ、その隣はワラサが置かれている。ワラサはいずれブリになる魚とはいえ、このサイズのうちはかなり淡泊な味に違いない。

作法に従って食べればちゃんと淡泊から濃厚な味になっていく。美しいだけではなく理に適《かな》った盛り付けなんだな、と改めて感心させられた。

とはいえ……と日和はカウンターの向こうを窺《うかが》う。ほかのお客さんの注文が入ったらしく、板前さんはこちらに背を向けて作業している。

これなら大丈夫、と安心して、日和は皿の真ん中にあるアオリイカに山葵をのせ、醤油《しょうゆ》を付けて口に運ぶ。皿を出された瞬間、目がイカに引きつけられて、どうしても一番に食べたくなったのだ。だが、このきれいな盛り付けを真ん中から崩すのは気がひける。せめて見ていないうちに……とパクリとやったあと、吹きだしそうになる。

昨今、マナーをわきまえない客に毅然《きぜん》とした態度を示す店が増えてきたが、いくらなんでも刺身を食べる順番で叱られることなんてない。もっといえば、刺身の盛り合わせに食べる順番があるなんて知らない人もたくさんいる。さすがに気にしすぎだった。

盗み食いみたいになったものの、アオリイカは絶品だった。肉厚な身が歯をしっかり受け止めてくれる。予想どおりの甘みと旨みについ目尻《めじり》が下がる。時折歯に当たる山葵の食感は、やはり生の山葵をこの場で摩《す》り下ろしたからこそのものだろう。

しっかり味わったあと、日和はにっこり微笑んだ。この店の醤油は甘くない。この山葵には、甘くない醤油が合う。甘くない醤油だからこそ、この生山葵ならではのほのかな甘みが引き立つのだ。

真っ先にアオリイカを味わって気が済んだ日和は、それ以後、父母の教えどおり左前から順に刺身を食べていった。どれも新鮮、そして柔らかな香りとお米の旨みたっぷりの『〆張鶴　純米吟醸』にぴったりだった。

――美味しいなあ……あ、でもお酒がもうない！

そんなにぐいぐい呑んだつもりはない。ゆっくり楽しんだはずなのに、刺身より先にお酒がなくなってしまった。きっと刺身がたっぷり盛られていたせいだろう。

一合の日本酒を呑み干しても、それほど酔った気はしない。おやつに食べた揚げ物のおかげかもしれない。おまけにビールも酎ハイも呑んでいないから、お腹にもまだ余裕がある。

これなら……ということで日和はまた品書きに手を伸ばす。

『〆張鶴』は全国的にも有名なお酒だが、せっかく新潟に来たのだから、ここでしか呑めないお酒を試してみたくなったのだ。

ところが、それとほぼ同時に、板前さんが声をかけてくれた。

「なにかご用意しましょうか？」

「えーっと……」

ドロエビと新潟味噌

妙高

お酒を選ぶのも大事だが、次の料理も決めておきたい。どうせなら一度に注文を済ませようと品書きを捲《めく》る。けれど、やはり品書きは膨大で、決めるに決められない。

そこで日和は、板前さんに訊ねることにした。

餅《もち》は餅屋ではないが、料理とお酒の組み合わせは店の人に訊くに限る。そして、案外お店の人も説明したがっている。おすすめの酒や料理を訊ねて嫌な顔をされたことがないのがその証《あかし》だ。これだけの品揃えの店ならば、かなり詳しい説明が聞けるだろう。

「新潟に来たらぜひこれを……ってお料理はありますか？」

「そうですね……ドロエビはいかがでしょう？」

「ドロエビですか？」

「ご存じありませんか？　えーっと……」

そこで板前さんはなにかを考えていたあと、思い出したように言った。

「ドロエビは秋の初めから春にかけて獲れるエビで、ガスエビとも言います」

「ガスエビ……もしかして、北陸の名物ですか？」

「そうです、そうです。夏の禁漁期間が終わって、ようやく入荷してきたんです」

「聞いたことがあります。でも食べたことはありません」

金沢に行った際、ガスエビも名物のひとつだと知った。あのときはちょうど十月でガスエビが獲れる季節だったにもかかわらず、味わうことができなかったのは、ほかに美味しいものや食べたいものが多すぎてガスエビまで辿《たど》り着けなかったせいだ。食欲の秋とはよく言われることだが、旺盛《おうせい》な食欲をもってしても食べきれない北陸の美味に、ため息を漏らした記憶がある。

そのガスエビ、いやドロエビにここで出会えるとは思わなかった。これは食べるしかない、と日和は注文することに決めた。

「じゃあ、ドロエビをお願いします」

「塩焼きと唐揚げがご用意できますが、どちらにされますか？」

板前さん曰《いわ》く、殻が柔らかいので丸ごとバリバリ食べられるとのこと。どちらも捨てがたいと思ったが、唐揚げはそれほど大きなエビでなくても作れるが、塩焼きにはそれなりの大きさが必要だろう。丸ごと食べられるほど柔らかいエビなら、塩焼きを試してみたかった。

「じゃあ、焼いてください。あと……それに合うお酒をなにか」

「そうですね……僕のおすすめは『越後おやじ』。県外ではあまり呑めない酒です」

「新潟ならではなんですね。ではそれをお願いします」

「はーい。『越後おやじ』一丁！」

威勢のいい声が店内に響き渡る。すぐにさっきのお兄さんが徳利と新しい猪口を届けに来てくれた。

「お待たせしました。『越後おやじ』です」

一分も待ってないけど……と心の中でツッコミを入れながら酒を注ぐ。早速一口呑んでみた日和は、小さく声を上げた。

「意外……」

エビに串を打っていた板前さんが、片眉《かたまゆ》を上げてこちらを見た。

「あ、ごめんなさい」

「お口に合いませんでしたか？」

「いいえ！　なんかすごく呑みやすいなって……」

板前さんから『越後おやじ』という名前が出たとき、こっそり品書きに目を走らせた。聞いたことがない銘柄だったので、どんなお酒なのか気になったからだ。そして、その名前が『本醸造酒・普通酒』の欄にあることに少し驚いた。両親が純米酒や純米吟醸酒を好むことから、日和も自《おの》ずとそういった醸造用アルコール無添加のお酒を呑む機会が増え、外でも意識的に純米酒や純米吟醸酒を頼むことが多くなっていた。正直に言えば、醸造用アルコールが入ったお酒特有の匂いがちょっと苦手なのだ。

ただ、醸造用アルコールを添加したお酒——本醸造酒や普通酒は、純米酒や純米吟醸酒に比べて手が出しやすい価格になっていることが多い。もしかしたら板前さんは、日和の財布の中身を心配して、ワンコインで収まるようなお酒をすすめてくれたのかもしれない。醸造用アルコールの匂いが気にかかって呑みきれなかったらどうしよう、と心配すらしていたのである。

ところが、実際に呑んでみた『越後おやじ』からは醸造用アルコール特有の匂いは一切感じられず、喉をするする通っていく。呑み込んだあとのすっきりとした感じが、これが『キレがある』ということなのかもしれないと思う。

「これ……普通酒なんですよね？」

第二話

半ば啞然《あぜん》としながらの日和の質問に、板前さんは嬉しそうに答えた。

「ちょっと信じられないでしょう？　でも、間違いなく普通酒です」

「ぜんぜん癖がなくてびっくりしました」

「そうですか。でも、そんなことをおっしゃるところをみると、やっぱりお客さんは、かなりの日本酒好きなんですね」

「やっぱり……というと？」

「一杯目から日本酒を頼まれましたからね」

「あー……私、それほどお酒に強くないので、たくさんは吞めないんです。せっかく新潟に来たんだから、しっかり日本酒を楽しみたいと思って」

「それほど強くない……」

そこで板前さんは、ふっと笑う。そういえばこの徳利も一合入りだ。すでに『〆張鶴』を一合吞んでいるのに、さらにもう一合。しかも『〆張鶴』もけっこうな勢いで吞んだ気がする。板前さんにしてみれば、首を傾げたくなる発言だったのかもしれない。

だが、次に彼の口から出てきたのは、酒に強いとか弱いとかの話ではなかった。

「お酒に強くないのに日本酒を楽しもうと思ってくださったんですね。日本酒は日本のお酒なのに、ビールや焼酎、近頃ではウイスキーなどが注目されていて、日本酒を頼む人があまりいません。お客さんのように若い女性が日本酒を楽しんでくださるのは、酒所の人間としてとても嬉しいです」

「そうなんですか……。私は両親がけっこうお酒好き、特に父は日本酒に目がないので、家でも吞むことが多いんです。両親が晩酌しているときに、ちょっと味見をさせてもらうことも多いので呑み慣れてるところもあります」

「本醸造とか純米の特徴などもお父様から？」

「はい。あんまりしっかりとは覚えてませんけど」

「英才教育なんですね。いいですねえ……そういう方がどんどん増えてほしいものです」

そして板前さんはまた下を向いて手を動かし始めた。

「お待たせしました。ガスエビの塩焼きです」

刺身の盛り合わせを食べ尽くしたころ、目の前に角皿が置かれた。角皿とは言っても四角ではなく六角形。白地に行儀よく並んだガスエビの赤がよく映えている。下に敷かれた笹の緑まで合わせればクリスマスみたいな色合いだった。

「レモンはお好みでどうぞ」

板前さんの言葉で、一番手前のガスエビにレモンを搾る。唐揚げにレモンは時と場合によるが、魚介類の塩焼きにはレモンは欠かせない。レモンの酸味が、魚介の旨みを引き出してくれる気がするのだ。

果汁で汚れた手をおしぼりで拭《ぬぐ》い、いよいよ、といった感じでガスエビに箸《はし》を付ける。

頭からガブリと齧り、ゆっくりと嚙《か》む。板前さんが保証してくれたとおり、殻も頭も柔らかい。

小エビの唐揚げを食べると、触角の付け根あたりで口の中を刺すことがあるけれど、そんなことはまったくない。柔らかく、それでいて甘みも十分。振られた塩にも助けられ、ついさっき海から来たところです、と主張しているような味だった。

ガスエビの旨みが消えないうちに、と『越後おやじ』を呑む。口の中で海と山が出会う。これ以上ない素敵な体験だった。

一人前とは思えないほどの刺身の盛り合わせと四尾のガスエビ、二合の酒でお腹はかなりいっぱいだ。締めになにか食べたい気持ちはあるが、この店はなにを頼んでも大盛りらしく、注文したところで食べ切れそうにない。ものすごく残念だったが、お会計を頼むことにした。

「ごちそうさまでした。すごく美味しかったです」

ぺこりと頭を下げてカウンターを去る。

板前さんの『ありがとうございましたー！』という声がとても気持ちよかった。

第二話

午前六時、日和はぱっちりと目を開けた。

春日山と高田の城巡りと二合の日本酒は、日和を深い眠りに導いてくれた。おかげで気分は爽快《そうかい》、そして空腹は限界だった。

朝食開始の六時半を待ちかねるように食堂に向かう。このホテルのチェックアウトタイムは午前十一時となっているのだが、午前十時半過ぎの特急の指定席を予約しているので、そこまでのんびりはしていられない。さっさと朝食を済ませて、出かける準備をしなければならないのだ。

電車の時間に縛られるのは面倒だな、と思わないでもないが、レンタカーのように『早く出ればもっといろいろな場所に行けるかも』と思う必要がないのは気楽だ。立てたスケジュールどおりにのんびり進む、それが公共交通機関利用の旅の利点だろう。

朝食会場に入った日和は、思わず歓声を上げそうになった。

それほど、会場の壁に沿って、海の幸、山の幸がところ狭しと並んでいる。

まず塩辛、出汁《だし》巻き卵とスクランブルエッグを両方、野菜のうま煮と厚揚げの焼き物、ひじきの五目煮、ウインナーにベーコンに、手羽先の唐揚げ、もずくに各種漬物。ピカピカの白米となめこのお味噌《みそ》汁も忘れずに……とやっているうちにトレイの上はいっぱい。いつもながらの和洋折衷朝食が出来上がった。

――どれもこれも美味しい！　こんなに肉汁たっぷりの手羽先がビュッフェで食べられるとは思わなかった。塩辛は過去一好みの味だし、なによりこのごはん、どうしてこんなにもちもちなの!? ただでさえごはんが進むおかずばっかりなのに、ごはんが単体でこんなに美味しいのは反則だよ。それにこのお味噌汁……ほんのり甘くてしょっぱくて、何杯でも飲みたい！

梶倉家の味噌はここまで甘くない。むしろ甘い醤油同様、甘い味噌もちょっと苦手だと思っていた。ところが、今食べている味噌は日和にとっていわゆる『ドストライク』の味で、家でも食べたいと熱望するほどだった。

――そういえば、お味噌汁が入ったジャーの前にお味噌の紹介があった気がする！

いったん箸を置いて味噌汁コーナーに見に行くと、記憶どおりジャーに味噌の説明が書かれたカードが添えられている。しかも書かれていたのはホテルの近くにある店の名前だ。昨日前を通ったとき、大きな味噌桶《おけ》に驚いて確かめたから間違いない。

あの店なら電車に乗る前に買いに行けるかもしれない。問題は開店時刻だが、早速調べてみると午前九時半開店とある。これならチェックアウト前に行ってキャリーバッグに入れてから出発できる。味噌はそれなりに重さがあるから手で持って歩くには辛《つら》いし、駅のベンチでキャリーバッグを開けて詰め込まなくて済むのはありがたかった。

朝食を済ませて部屋に戻った日和は、準備を整えてホテルを出る。九時半ちょうどに店の前にいれば気持ちにゆとりを持って荷造りができる。どの町も朝と夜では見せる顔が違うが、古くから続く町の朝はとりわけ心地いい。通りの一本一本に歴史が詰まっている気がする。見上げた空は今日も青い。開店時刻まで高田の町を散策するのもいいだろう。

第二話

午前九時二十五分、目指す店のシャッターが開いた。

女性の従業員さんが不思議そうにこちらを見る。十分ぐらい店の前に突っ立っていただけに、顔に嬉しさが溢れていたのだろう。朝っぱらから喜び勇んで味噌を買いに来る客なんて珍しいに違いない。それだけに、自分の店の客かどうか判別できなかったのか、従業員さんは『いらっしゃいませ』と言うのではなく、朝の挨拶《あいさつ》をしてくれた。

「おはようございます」

「おはようございます。もう買い物できますか?」

「もちろん。どうぞ、どうぞ」

そう言うと女性は日和を店に入れてくれた。正確にはまだ九時半にはなっていない。大手デパートなどでは玄関前で時計を睨《にら》んで開店時刻ちょうどに鍵《かぎ》を開けたりするが、多少の誤差は気にならないところが嬉しかった。

「いらっしゃいませ！」

レジの横に立っていた女性が声をかけてくれた。日和を店に入れてくれた人より少し年配の人だ。さっきの人はどこに行ったのかな、と周りを見回すと、店の外で掃除をしている。日和は明らかに『開店準備が整う前に入り込んだ客』だった。

迷惑だったかな、と反省しながら店の中を見て回る。店の中には数え切れない種類の味噌や漬物が並んでいる。

ホテルの味噌汁にどれが使われているのかわからず、考え込んでしまった日和に、レジ横の女性がまた声をかけてくれた。

「なにかお探しですか？」

「あの……駅前通りのホテルでお味噌汁に使われてるのと同じお味噌が欲しくて……」

「駅前通り？　ああ、もしかして……」

そこで女性が口にしたのは、まさに日和が泊まっているホテルの名前だった。大きく頷くと、女性は冷蔵ケースのところに行き、『白甘みそ』と書かれた袋を指さしてくれた。

「やっぱり『甘口』なんですね」

「ええ。あちらはずっとこのお味噌を使ってくださってます。お気に召しましたか？」

「すごく美味しかったです。だからお土産に買って帰りたくて」

第二話

「ありがとうございます。保冷剤をお入れしますね」

「保冷剤……」

よく見ると、味噌の袋に『要冷蔵』という文字がある。てっきり味噌は常温保存できるものばかりだと思っていたが、そうではないものもあるようだ。この味噌の繊細な味わいを保つためには、発酵が進みすぎないように低温で保存する必要があるのかもしれない。

帰宅するのは明日の夜なのに大丈夫だろうか、と不安になったが、いつもの百均の保冷バッグを持っているし、保冷剤を入れてもらえるのであれば、今夜のホテルまではなんとかなる。チェックインするなりホテルの冷蔵庫に移し、保冷剤も冷凍室に入れよう。朝までに保冷剤が凍らないようなら、コンビニに行けばいい。

コンビニに凍った保冷剤は売っていないが、凍ったペットボトル飲料ならある。あれと一緒に保冷バッグに入れておけば冷えたまま家に持って帰れるはずだ。

凍ったペットボトルは重いけれど、背に腹は代えられない。ここから宅配便で送ることも出来るし、通販もやっているらしいが、冷蔵の宅配便は送料が高い。わざわざ店頭に来ているのだから、送料を払うぐらいならその分買う量を増やし、冷凍ペットボトル飲料を買ったほうがいいという判断だった。

『白甘みそ』を二袋買ってホテルに戻る。保冷バッグごとキャリーバッグに詰めて、チェックアウトする。

時刻は九時五十分、時間があれば駅でお土産を探そうと思っていたが、開店前に入れてもらえたおかげで思ったよりゆっくり見られる。高田駅でお土産を買えるのはコンビニぐらいだが、時間はあるに越したことはない。それに、コンビニで売られているお土産は、どれも有名かつ人気があるものばかりだから、いわゆる外れがない。面白みに欠けると言う人もいるかもしれないが、面白がって美味しくないお土産を買うよりも、安心して楽しめるもののほうがいいと日和は思っていた。

九時五十五分、日和はJRの駅ならたいていあると思われるコンビニに入った。入るなりラーメンの箱を見つけて歓声を上げる。

——これ、有名動画配信者が超おすすめって言ってたやつだ！

動画配信者どころか、新潟のラーメン通がこぞってすすめる店は、モヤシとタマネギがたっぷり入った味噌ラーメンで有名で、インターネットにもたくさん写真が上げられている。もともとラーメンは醬油か塩がいいと思っている日和ですら、一度は食べてみたいと思うほど美味しそうだが、駅の近くにお店がないため、今回は無理だと諦めた。

その有名なラーメンが目の前にあるなら、買わない手はなかった。

——これは常温でも大丈夫そうよね？　いくつなら入る？　でもさっきお味噌を買ったし、今日もお土産は買うだろうし……新潟駅に行ったら絶対日本酒を買っちゃう。やっぱり一箱かな……。あ、そういえばお昼ご飯も買わなきゃ！

キャリーバッグの残りスペースと重量を考えながら、買い物の量を決める。

今から村上に移動するためには、まず新潟行きの特急で二時間弱、そのあと酒田《さかた》行き特急に乗り換えてさらに一時間かかる。朝ご飯をたっぷり食べたばかりでお腹がいっぱいだし、もしかしたら

第二話

昼ご飯は抜いても大丈夫かもしれないが、お昼になったらやっぱりお腹が空くかもしれない。

万が一に備えてなにか買っておいたほうがいい。おにぎりとお茶でいいか、と思いつつ探してみると、かわいらしい助六《すけろく》弁当があった。普通の助六弁当の半分ぐらいの量で、大してお腹が空いていなくても食べきれるし、足りなければ降りてからなにか食べればいい。

こんな助六弁当は初めて見たけれど、こういうのがそこら中で売られていたらさぞかし便利だろうと思うサイズだった。

赤い箱のラーメンとミニ助六弁当、あとはお茶を一本買ってコンビニを出る。電車が来るまでにあと十五分ぐらいあるから、ベンチで座っていようと思ったところで、待合室を見つけた。

しかもかなり広くてベンチもたくさんある。電車の本数が少ないから、なんとか快適に待ち時間を過ごしてもらおうという配慮なのだろう。

午前十時三十五分、日和はホームに向かった。待合室にいた人の大半が腰を上げたから、みんながこの電車を待っていたらしい。今から乗るのは高田から新潟に乗り換えなしで行ける特急だが、一日四本しかないので、乗り遅れては大変と早めに来る人が多いのかもしれない。

午前十時三十八分、特急『しらゆき3号』が入線してきた。ずいぶんたくさんの人がいると思ったけれど、日和と同じ車両に乗る人はほとんどいない。先頭で乗り込み、悠々と席に着く。

日和にしては珍しく窓際の席にしたのは、日本海をゆっくり眺めたかったのと、予約状況を見たときにずいぶん空席があり、これなら隣に人が来る確率は低いと思ったからだ。待合室にたくさん人がいたから少々不安になって確認してみたが、やはり日和が乗っている車両は予約が少ない。

『しらゆき』には自由席もあるから、指定席の予約が少ないのかもしれない。

まもなく電車は動き出したが、やはり隣に人は来ない。これならのんびり車窓風景を楽しむことが出来そうだ。

天気はいいし、やがて紅葉を迎えるだけあって、木々の緑は一番深い時期でもある。本日のメインは村上で乗り換えて桑川《くわがわ》まで行き、遊覧船に乗ることだ。

遊覧船には、カモメが群がってくるらしい。船に飛び寄ってくるカモメに餌をやるなんてそうそう出来る体験ではない。カモメは間近で見るとかなり迫力のあるご面相だが、船内で餌も買えるそうなので、試してみてもいいだろう。

そんなことを考えているうちに、海が見え始めた。電車が日本海沿いに出たようだ。

天気がいいせいか、海面が日の光を浴びてキラキラ光っている。白波と光が生み出す風景は、一日中見ていても飽きない気がする。

海に波はつきものだ。一切波が立たない海なんて存在しない。波はいろいろなものを届けてくれるし、この気持ちを落ち着かせてくれる音も、波がくれる贈り物だ。波がなければ、海の癒し効果は半減するに違いない。

波のない海がないのと同じように、波のない人生もない。失敗は気持ちを落ち込ませるし、周りにも迷惑をかけるけれど、成長するためになくてはならないものかもしれない。台風や大時化《しけ》のように人の命を奪いかねない波は目も当てられないが、ゆったりと寄せる波、あるいは耳に心地よい音を立てるさざ波程度なら周りの人も許容してくれるかもしれない。

第二話

USBメモリーを折り曲げてしまったとき、斎木課長は『空白の三年間』が気持ち悪いのは自分の性格のせいだし、かなり古いデータだからなければないでなんとかなる、と言ってくれた。そして、自分も前の会社に入ったばかりのころにUSBメモリーを折ったことがある、しかも、入っていたのはかなり重要なデータで、始末書を書かされた上で、先輩に平身低頭して復元してもらったことがある、と教えてくれた。

その上で、こういう小さな記憶媒体はすぐに壊れるし、たとえ物理的に壊れなくてもデータが呼び出せなくなるのはよくあることだから、こまめにバックアップを取るように、と諭してくれたのだ。叱責でもお説教でもなく冷静に諭す、一番がっかりしたのは斎木自身だったはずなのに、と思うと申し訳なさとありがたさでいっぱいになった。

麗佳も、あまりに落ち込む日和に、わざと落としたわけじゃないのだからと慰めてくれたし、あの仙川係長ですら、この件についてはなにも言わなかった。

もしかしたら、そもそも『空白の三年間』に気付かなかったことに呵責《かしやく》を感じていて、日和を責められる立場じゃないとでも考えていたのかもしれない。あるいは、近頃ずいぶん頑張っているから、これぐらいは……と思ってくれた可能性もある。

——生きている以上、どれだけ気をつけても失敗はする。でも、できるだけ周りに迷惑をかけないようにしよう。今後の私の失敗が、災害をもたらすような大波になりませんように、せめて耳にも目にも心地よい『さざ波』程度で収まりますように……

車窓から、海岸線に寄せては返す波を眺めながら、日和はそんなことを考えていた。

第三話　村上・新潟

——村上牛と日本酒呑み比べ

第三話

窓の外には相変わらず青い空が広がっている。

お腹が少し空《す》いてきたな、と思って時計を見ると、時刻は正午になるところ。新潟に着くのは十二時三十分なので、助六弁当を食べることにした。

助六弁当は手のひらサイズで、いなり寿司《ずし》がふたつと海苔《のり》巻きと赤飯のおにぎりがひとつずつ入っている。どれから食べるか迷った末、海苔巻きに箸《はし》を伸ばす。はっきり言ってなんの特色もないごく普通の太巻き寿司だが、ものすごく美味《おい》しく感じるのはやはりお米が上等だからだろう。一口で頬張れるサイズはありがたいなあ、と思いつつ、いなり寿司も味わう。

油揚げからじわりと染み出した煮汁が甘みたっぷりでほとんどデザート感覚だ。これは最後に食べるべきだったと少し後悔したとき、座席の前のポケットに入れてあったスマホがブルブル震えた。どうせメッセージだろうから、食べてから見ようと思っていたが、振動は一向に止まらない。どうやらメッセージではなく電話がかかってきているらしい。ここで電話に出るわけにはいかないから、降りてからかけ直すしかないか、と思っているとようやく振動が止《や》んだ。

ところが、やれやれと履歴を確認してみた日和は、表示されている文字にぎょっとした。なぜなら『笹川《ささがわ》流れ』の文字があったからだ。しかも、今だけではなく五分前にも電話がかかってきている。食事をしていて気付かなかったようだ。

──『笹川流れ』って今から行くところじゃない。しかも私の携帯番号を知ってるってことは……

日和はスマホを摑《つか》んで立ち上がった。たとえ電車の中でも、デッキなら通話が許されるはずだ。

遊覧船についてはいつも行き当たりばったりで、乗れそうなら乗るというスタイルを貫いていた。今回に限ってインターネットで予約したのは、どうしても『笹川流れ遊覧船』に乗りたかったからだ。

『笹川流れ』は新潟県最北端に位置する十一キロに及ぶ海岸線で、透明度の高い碧《あお》い海と白い砂浜のコントラストが美しく、日本海の荒波の浸食によりできた数々の岩礁や洞窟《どうくつ》など、変化に富んだ新潟でもっとも美しい海とされている。一九二七年に名勝天然記念物の指定区域となり、日本百景にも選定された。インターネット情報によると『笹川流れ』の笹川とは集落名で、この笹川より沖合いの岩場まで潮流が見られたことが名の由来とされているそうだ。

新潟は魅力に富む県で、ガイドブックにも数々の見所が紹介されていた。その中で、日和が一番行ってみたいと思ったのが『笹川流れ』で、この場所を中心に旅程を組んだと言っていいほどだ。

その『笹川流れ』の遊覧船運営会社から連絡が来た。しかも時を置かずに二度も続けてとなると、悪い予感しかしなかった。

デッキに出た日和は大慌てで電話をかけ直す。数回の呼び出し音のあと、聞こえてきたのはものすごく申し訳なさそうな声だった。おそらく相手側の電話番号表示から、かけてきたのが日和だとわかっていたのだろう。

「遊覧船のご予約をいただいていた梶倉さまですよね？」

第三話

「あ、はい。何度かお電話をいただいたようなのに、気付かなくてすみませんでした。今、電車の中なんです」

「そうじゃないかとは思っていました。実は、ついさっき午後の便の欠航が決まりました。少しでも早くお知らせしようと思って……」

「え!?」

思わず窓から外を見た。

依然として青い空が広がっている。この天気で欠航なんて……と思っていると、電話の相手はさらに申し訳なさそうに言う。

「風が強くて……」

「ああ風……それは……仕方がありませんね」

先般、北海道の知床《しれとこ》で遊覧船の事故があった。船長を含めて何十人もが被害に遭ったため、遊覧船の出航条件はこれまで以上に厳しくなっているようだ。走り続ける電車からはわからなかっただけで、外はかなり強い風が吹いているらしい。

「乗り場まで来ていただいてから船が出ませんというのはあんまりですので、とにかくお知らせしなければと」

「そうだったんですか……わざわざありがとうございます」

とにかく良心的な船会社であることはわかった。

それと同時に、事前に予約しておいてよかったとも思う。こうやって連絡をもらえたのは、予約時に連絡先を登録してあったからだ。さもなければなにも知らずに乗り場に行って、『欠航』の文字に打ちひしがれただろう。

電車の中でも打ちひしがれたことに違いはないが、なにせ遊覧船の乗り場は交通の便が極めて悪いところにある。桑川駅からは徒歩十五分ぐらいなのだが、そもそも桑川駅に停まる電車がものすごく少ない。朝夕の通勤通学タイムを除けば、二、三時間に一本という有様なのだ。

引き返すのにかかる時間を考えたら、いくら海好きの日和といえども、遊覧船に乗れなくてもきれいな風景は見ることが出来た、と喜ぶのは無理そうだ。がっかりはしたけれど、連絡をくれた船会社の人に感謝するしかなかった。

――『笹川流れ』に行かないとしたら午後の予定が丸ごと潰《つぶ》れちゃう……

欠航だからキャンセル料金などかからないが、そもそも『笹川流れ遊覧船』はキャンセル料金についての記載がない。とりあえず来そうな客数の把握だけが目的で、来なかったら来なかったとき、という大らかなシステムのような気がする。だからこそ安心して予約が出来たのだが、頭のどこかで、予約した以上必ず乗れると信じていたらしい。

明日は村上を観光したあと新潟に移動し、夕方の新幹線で帰る予定になっている。新潟では二時間ほど時間を取ってあるが、それは新潟市内を散策するためだし、あのまばらな時刻表ではその時間帯に桑川に行って引き返してくるなんて不可能だ。

もう『笹川流れ』には行けない。遊覧船にも乗れない。これは仕事で大きな失敗をした自分への罰かもしれないとすら思う。あんなミスをしでかしておきながら、旅を楽しもうなんて心得違いも

第三話

甚だしい、と神様に叱られている気がする。

罰を受けても仕方がないと思いつつも、気持ちはどんどん落ち込んでいく。窓の外には、依然として青い空が広がっている。もしかしたら強風は一時的なものかもしれない。だが、少なくとも日和が予約していた便の船が海に出る可能性はないだろう。

こんなことならもっとゆっくり高田の町を散策してくるのだった。もう去ってしまったから余計にかもしれないが、あの町は妙に落ち着けた。朝のひんやりした空気の中、高田城まで歩いたらさぞや気持ちよかっただろう。昨日は呑気《のんき》に漂っているだけだったお堀の鯉たちが、餌を取ろうと活発に泳ぎ回る姿だって見られたかもしれない。

とはいえ、高田の町は遥《はる》か後方、今更引き返すわけにはいかないのだから、とりあえず今夜の宿がある村上まで行こう。春日山も高田も日和にはとても心地よい町だった。ゆっくり時間が流れている気がした。同じ新潟県の中にある村上も、同じようにのんびり出来る町の可能性は高い。

ため息をつきつつ席に戻り、残っていたミニ助六弁当を平らげる。赤飯のおにぎりもいなり寿司も、なんだか味がしない。さっきまであんなに美味しかったのに……とがっかりしている間にも電車は快調に走り、新潟到着を予告するアナウンスが流れてきた。

のろのろとゴミを片付け、サコッシュにスマホをしまって斜めがけにする。

村上から出て桑川に止まる電車の本数は少ないけれど、新潟から村上もそう多くはない。本来なら午後三時十分発の遊覧船に間に合わせるために、新潟を十二時四十一分に出る『いなほ5号』に乗る予定だった。今乗っている『しらゆき3号』の新潟到着は十二時三十分だから、乗り換え時間は十一分。間に合うはずだが、知らない駅ではなにが起こるかわからない。少々不安が残るスケジュールにしても、運行本数や乗り換えの手間、車窓の風景まで含めたら『しらゆき3号』で新潟まで行くのがベスト、なんとしてでも間に合わせようと意気込んでいたのだ。

だが、遊覧船には乗れないとわかったとたん、すべての意気込みが消えた。仕事のミスに加えて、無謀な乗り換えを計画したことにも罰を与えられた気がする。

いずれにしても、桑川に行く必要がないなら、慌てて乗り換える必要もない。のろのろと荷物をまとめて電車から降りる。同じ車両にはもう誰も残っていない。新潟が終着駅でなければ、乗り過ごしていたかもしれない。

ところが、降車後、村上に向かう電車の時刻表を確認した日和は呆然《ぼうぜん》とした。次の発車は一時間以上あとになるとわかったからだ。

――ちょっと待って……一時間後ってひどくない？　村上から桑川に行く電車が少ないのはわかってたけど、新潟から村上はもうちょっとあると思ってたのに！

新潟から村上に向かうためには、特急『いなほ』か白新《はくしん》線の普通列車に乗らなければならない。特急は二、三時間に一本、普通列車は一時間に三本あるにしても、村上から『笹川流れ』のある桑川まで行く電車は二、三時間に一本。いかに『笹川流れ』が行きづらい場所にあるかを改めて痛感させられた。

いずれにしても『いなほ5号』はもう行ってしまった。二時間後に出る『いなほ7号』を待つぐらいなら普通列車に乗ったほうがいい。問題は発車までの時間だが、新潟駅はなんと言っても県庁所在地だし、新幹線の発着駅でもある。駅にあるお店を見ているうちに一時間半ぐらい過ぎてしまうに違いない。

キャリーバッグを預けるかどうか迷ったけれど、一時間半のためにコインロッカー代を払うのはもったいない。昨日はキャリーバッグと一緒に春日山を登った。駅の周りだけなら楽勝だ、と引っ張ったまま改札を出る。

日和が向かった先は、駅ビルにある『ぽんしゅ館』だった。

『ぽんしゅ館』は新潟の地酒を豊富に取り揃え、試飲もできるらしい。日本酒好きから、新潟に行くからには『ぽんしゅ館』は外せないと言われ、全国から客が詰めかけているそうだ。

時刻は十二時五十分、真っ昼間からお酒を呑《の》むのはどうかと思うが、食事をするほど空腹ではないしカフェで過ごすのも気が向かない。運転の予定は一切ないし、こんな悲劇的な状況なのだから昼酒、しかもお猪口《ちょこ》数杯の試飲ぐらい許されるはずだ。

調べたところによると、『ぽんしゅ館』の試飲——利き酒はコイン方式だそうだ。五百円で五枚のコインを買って、壁沿いに並んだ利き酒マシーンにお猪口を置き、銘柄ごとに決められた枚数を投入すればお酒が出てくるらしい。一時間程度の時間潰しにはちょうどいい場所だと日和は考えたのだ。

忙しそうに人が行き交う通路を進み、角を曲がったところで『ぽんしゅ館』の看板を見つけた。近づいてみると、お酒の猪口や徳利《とっくり》、そのほかいろいろな雑貨が並べられているが、インターネットで紹介されていたような利き酒マシーンの姿はない。ただ、おしゃれなカウンターがあり、男

村上牛と日本酒呑み比べ

村上・新潟

性客が中の人と話しながら立ち呑みをしている。

入り口近くで調べ直してみると、新潟駅には『ぽんしゅ館』が複数あり、今、日和がいるのは、お酒と雑貨を合わせて扱い、『角打ち』と呼ばれる立ったままの飲酒が楽しめる店のようだ。

目指す店ではなさそうだが、日本酒が呑めることは間違いない。利き酒マシーンが並んでいる店に行き直すのは面倒だし、時間はどんどん過ぎていく。

今日は、なにもかも思いどおりに行かない日だ、と悲しい気持ちになりながらも、日和はその店に入ってみることにした。

父や母が気に入りそうな酒器がたくさん並んでいるが、全部無視してカウンターに直行する。新潟駅には明日も来るから、買うならそのときでいいだろう。

カウンターの中の人は相変わらず男性客と話をしている。日本酒について熱く語っているから、もしかしたら『日本酒ソムリエ』の資格を持っている人かもしれない。

品書きには、これぞ日本酒王国といわんばかりのたくさんの銘柄が並んでいる。おすすめの銘柄を訊《き》いてみたいけれど、時間がないからあまり詳しく説明されても困る。ただ、注文だけははやくしたいな、と思っていると、入り口近くのレジにいた女性が近づいてきてくれた。

「いらっしゃいませ。お酒、試されますか？」

「あ、はい……」

「気になる銘柄とかありますか？」

「あまり詳しくないので……」

第三話

「ではいくつかおすすめいたしましょうか？」

「お願いします！」

渡りに船とはこのことだ。この女性が、隣の男性日本酒ソムリエばりの大熱弁を開始しないことを祈りつつ待っていると、女性がグラスと瓶を持ってきてくれた。茶色の瓶に赤いラベルが貼られ、『特別純米』の文字が見える。

「こちら、『ひやおろし』になります」

「そっか、秋ですものね」

『ひやおろし』は酒を春に火入れして寝かしておき、秋に出荷する製法だそうだ。秋の風物詩のような酒で梶倉家でも、秋になると父が大喜びで買ってくるので、名前はよく知っていた。

「『ひやおろし』をご存じなんですね」

「はい。両親が日本酒好きで」

「それはそれは……。こちらは『鶴齢《かくれい》　特別純米』という銘柄ですが、とってもまろやかでコクがあります。ちょっと重めですけどお米の味をしっかり感じられるお酒です」

「じゃあそれを……」

「ついでと言ってはなんですが、同じ『鶴齢　特別純米』の三年熟成もあります。呑み比べられてはいかがですか？」

「あんまり時間がないし、私はそれほど強くないので二杯は……」

「では、半分ずつでは？」

「そんなことできるんですか？」

「もちろん。今、ご用意しますね」

そう言うと、女性はもう一本酒瓶を持ってきた。ほぼ同じデザイン、ただしどこにも『三年熟成』とは書かれていない。そういえば最初に持ってきてくれた瓶にも『ひやおろし』という文字は見られないから、あえて記さない方針の酒蔵なのかもしれない。

あるいは、そもそも『三年熟成』という商品はなくて、『ぽんしゅ館』が手元で三年間寝かしていたとか……こだわりの強い酒屋の中には、仕入れてから一年、三年、五年と独自に熟成させるところもあるそうだから、『ぽんしゅ館』もそのひとつかもしれない。

重そうな一升瓶にもかかわらず、女性は軽々と持ち上げてお酒を注ぐ。見た目ではあまり違いはわからない。強いて言えば『三年熟成』のほうがほんのわずか黄色味がかっている気がするが、日和はこのふたつが違うお酒だと知っているからそんなふうに見えるのかもしれない。

味の違いがわかるだろうか、と心配しながら『ひやおろし』のグラスに口を付ける。吟醸酒のように特有の果物の香りはしないが、その分お米の味がしっかりわかる。口に含んでいると、少しずつ味が変化していく。拙《つたな》いのを承知で表せば『ガーンときてふわっとなったあと、どこかに去って行く』感じだった。

続いて『三年熟成』のほうも呑んでみる。こちらは、明らかにしっかりしていて『ガーンときたあとふわっと』までは同じだが、『そのましばらく、その場に留《とど》まってくつろいでいる』感じだ。

日和にはゆっくりしか呑めないし、ゆっくり呑むべきお酒だから、半分ずつにしてもらったのは正解だった。

「ごちそうさまでした。とても美味しかったです」

「ありがとうございました」

グラス一杯分の料金を払って店を出る。

駅の近くでどこか見に行ける場所はないかと調べてみたところ、新潟市を一望できる展望台があるとわかったが、往復だけで三十分かかる。電車の時間まで残り二十五分では無理と判断し、駅構内にある店を見て歩くことにした。

油揚げ、おにぎり、おかき、お蕎麦《そば》、笹団子に鮭……新潟駅には新潟中の名物が集められている。新潟中を駆け回らなくても、ここで全部買えるというのは便利だ。現地にまったく行かないというのは寂《さみ》しいが、一度はその町を訪れて食べてみたうえで、次からは気に入ったものをここで買う、というやり方はありだな、と思う。

二十五分は、帰りの新幹線に乗る前に買う物を物色しているうちに過ぎていった。

また乗り遅れては大変と、白新線のホームに向かう。

今日の宿は、村上駅から少し離れたところにあるのだが、あらかじめ頼んでおけばホテルの人が迎えに来てくれる。

日和は『笹川流れ遊覧船』に乗るつもりだったので午後五時に迎えに来てくれるようにお願いしてあるのだが、実は午後五時というのは迎えに来てもらえる最終時刻で、それ以降は自力で辿《たど》り着くしかなくなる。桑川から引き返してくる電車の村上到着が午後四時五十四分だから、ちょっと遅れたら間に合わなくなるとヒヤヒヤだったが、遊覧船に乗れなかったおかげで余裕で間に合う。

それどころか、村上駅に着いてから迎えに来てもらうまでの間をどうするか、という問題に直面してしまった。

――村上に着くのは午後三時過ぎか……。迎えに来てもらうまでに二時間近くあるなあ……。迎えの時間を早めてもらうように電話をしてもいいけど、急に予定を変えさせるのも悪いし、それぐらいなら村上の町を観光しよう!

もう今日の予定はぐちゃぐちゃだ、と諦《あきら》め気分で電車に乗り込む。

村上に近づくにつれて、もともと少なかった客がどんどん減っていく。こんな客数で大丈夫か、と心配になったが、さすがにこれは午後一時半過ぎという時刻のせいで、朝夕はもっとたくさん乗っているに違いない。とにかく、採算が取れずに廃線なんてことにならないのを祈るばかりだった。

午後三時三分、村上駅に到着した日和は急ぎ足で改札を出た。

電車の中で調べたところ、村上駅にコインロッカーがあることがわかったが、キャリーバッグが入る大きさがあるかどうかわからない。あったとしても数が少ないかもしれないし、全部利用中かもしれない。キャリーバッグと一緒に春日山を登った身としては、次こそは駅で待機していてほしかった。

一番で改札を出てコインロッカーコーナーに行く。日和に続く人は誰もおらず、着いた先のコインロッカーも半分以上が空いていた。これなら急ぐ必要はなかったが、それはあくまでも結果論、『春日山の惨劇』は二度とごめんだった。

第三話

荷物を預け、やれやれと駅の正面入り口に戻る。

『驛上村』という表示に一瞬首を傾げたが、すぐに『村上駅』だとわかった。『驛』という旧字体はこの町のレトロな感じによく合うなあ、と考えて苦笑する。まだ駅に着いただけなのに、レトロかどうかなんてわからない。

インターネットやガイドブックの情報だけで『レトロ』と決めつけては訪れる意味なんてない、と反省しながら観光案内所に向かう。観光案内所には、町の見所を書き込んだ町歩き地図が置かれていることが多い。しかもたいていは無料だから、もらわない手はなかった。

観光案内所で地図付きのパンフレットとバスの時刻表を手に入れた日和は、またしても早足で駅の入り口前に戻る。観光案内所の窓口にいた女性係員に二時間弱で見られるおすすめの場所を訊《たず》ねたら、困ったような顔をされた。

小さそうな町なので、二時間あれば全部回れてしまうのだろうかと思ったらそうではなく、そもそも村上観光の中心となっている『町屋めぐり』が出来る場所は駅からかなり離れているという。

「片道二十分かかります。『町屋めぐり』だけでも二時間ではちょっと……」

「そうなんですか……」

そのときの日和は、窓口の係員以上に困った顔をしていたのだろう。気の毒そうに日和を見たあと、彼女は急になにかを調べ始めた。そして数秒後、嬉《うれ》しそうな声を上げた。

「あと五分で『まちなか循環バス』が来ます。バスで町屋通りのそばの『安良町《あらまち》』まで行けば二十分短縮できますので、あちらに一時間ぐらいはいられます」

「一時間で見て回れますか?」

「町屋通りと『おしゃぎり会館』ぐらいは」

「じゃあそうします!」

町屋通りの近くまで行く循環バスは一時間に一本しかないから、乗り遅れるわけにはいかない。今回の旅は、公共交通機関との戦いと化している。日和は半ば駆け足になりながら、一本ぐらい乗り遅れてもすぐ次の電車が来る東京の便利さを痛感する。ただし、やってきたバスは爽《さわ》やかな水色で、大きく描かれている頭に魚をのせたキャラクターがとてもかわいい。どこまで乗っても百円という料金体系もわかりやすくて嬉しい。これはこれで悪くないのよね……などと考えながらバスに揺られているうちに、『安良町』バス停に到着した。

バスを降りた日和は、まず『おしゃぎり会館』に向かった。

『おしゃぎり』というのは村上大祭で引き回される山車《だし》のことで、村上市郷土資料館、通称『おしゃぎり会館』に行けばいつでも見ることができる。

今なお現役の『おしゃぎり』もあるらしく、村上に行ったらぜひ見てみようと思っていた。それはきっと、輪島で見た『キリコ』があまりにも幻想的で惹《ひ》きつけられたからに違いない。

もっといえば、東京にある『刀剣博物館』の影響も少なくない。『刀剣博物館』を訪れたとき、日和は抜き身の刀剣の妖《あや》しい美しさに目を見張った。もっと見たいと思ったけれど、刀剣なんてそう簡単に見られるものではない。だが、『おしゃぎり会館』には山車だけでなく、甲冑《かっちゅう》や刀も展示されているらしい。刀剣の美しさに触れる絶好の機会と考えていたのだ。

第三話

バス停から歩くこと七分で、日和は『おしゃぎり会館』に到着した。

近頃、道案内アプリが提示した時刻より早く着くことが増えた。道案内アプリの使い方に慣れて道を間違えなくなったからだろう。これもひとつの成長だ、とにんまり笑いながら受付に行く。『若林家住宅《わかばやし》』や『村上歴史文化館』との共通入場券があることを教えられたけれど、三カ所回る時間はない。絶対お得なのに！　と悔しがりながら『おしゃぎり会館』単独の入場料を払った。

展示場に入るなり、巨大な山車が目に飛び込んできた。

——うわあ、すごい……これを担ぐなんて無理。だからこそ車輪をつけて引っ張れるようにしてあるんだろうけど、これって本当に必要？

そんな失礼極まりないことを考えてしまうほど、山車は大きい。『おしゃぎり』の上には子どもを模した人形が何体も据えられていて、お囃子《はやし》を奏でているように見える。

動き続ける『おしゃぎり』の上での演奏は大変そうだが、やはり祭り囃子があるとないとでは盛り上がり方が違うし、山車の大きさは祭りの勇壮さを左右するのだろう。

昔の日本人は身体の大きさこそ今ほどではなかったとはいえ、肉体労働をしている人が多かったから力も強く、巨大な山車を引っ張ることも十分出来たはずだ。けれど、便利な機械がたくさんできて人間の代わりに働いてくれるようになった今、好んで身体を鍛えている人以外はそれほど筋骨隆々というわけではない。

昔と同じ人数でも動かすのは難しいだろうに、少子化で引き手や担ぎ手となる若者が減っていると聞く。時折耳にする大きな灯籠《とうろう》や山車が倒れたといったお祭りの事故は、そんなところにも起因しているのかもしれない。

思わぬところで少子化について考えさせられた、と苦笑いしながら奥に進み、刀や甲冑を眺める。刀の数は『刀剣博物館』には及ばないが、『桃川住《ももがわじゅう》長吉《ながよし》』という人が鍛えたとされる長刀は見事だった。刃渡りが六十七・九センチ、金属製だから重さも相当だろう。これを自在に振り回せたのだから、やはり昔の人の力はすごい。

——かっこいいなあ……でも、私には持ち上げることすら難しいかも……

この長い刀を持とうとしてフラフラした挙げ句、足の上に落とす未来しか見えない。たとえ昔は女性が刀を持つ機会はまれだったとしても、つくづく現代に生まれてよかったと思ってしまった。

『おしゃぎり会館』は吹き抜けホールが造られているせいか、展示スペースとしてはそれほど広くなく十五分ぐらいですべてを見ることができた。

山車の金色と刀の銀色——なんてきらびやかな世界なんだろう、と満足したあと、『町屋通り』に向かう。

『町屋通り』には、鮭製品や塗り物を豊富に扱う店、酒蔵、和菓子店などが連なっている。レトロな町並みと食べ歩きが魅力で村上の人気スポットとなっているのだが、時刻はすでに午後四時を過ぎている。人気の店は売り切れ次第閉店することが多いし、食べ歩きは難しいかもしれない。

それでも、塩引き鮭の製造過程を展示していることで有名な店はホームページに午後五時半までと書いてあったから、試食ぐらいできるだろう。人気のお団子屋さんだって、もしかしたら少しは残っているかも……と期待しながら行ってみる。

第三話

最初に入ったのは暖簾《のれん》に大きく『鮭』と書かれた店だった。

村上は平安《へいあん》時代に京の都に鮭を献上していたという記録が残っているらしく、村上の人にとって鮭は千年前から特別な魚となっているそうだ。そのためこの店は『千年鮭』を商標登録し、塩引き鮭の製造過程を世に知らしめるとともに、鮭製品の販売に努めているという。

白い暖簾をくぐってまず感じたのは、圧倒的な魚の香りだ。天井から数え切れないほどの鮭が吊《つ》り下げられているのだから無理もない。

こんなふうに吊り下げても腐らないのは、村上が寒い町だからか。はたまた、よほどたくさん塩を使っているのか……と思いながら奥に進む。

大きな味噌樽《みそだる》や囲炉裏が切られた仏間、座卓が置かれた和室……と次々に見ていく。敷かれている畳が家の和室のものより大きい気がする。昔の畳は今より大きかったと聞いたことがあるが、本当なんだな、それにしてもこんなにたくさんの人が毎日行き来したら仏壇のご先祖様も落ち着かないよねえ、などと考えながら見学を終える。

売店に入って冷蔵ケースを覗《のぞ》き込んでいると、お姉さんに『酒びたし』の試食をすすめられた。『酒びたし』の見た目は『鮭とば』に似ている。『酒びたし』は一年かけて干し上げ熟成させた塩引き鮭を薄くスライスしたもの、『鮭とば』は秋鮭を海水で洗って干したものだそうだから、作り方としては同じようなものかもしれない。

函館に行ったときに『鮭とば』を買って帰ったけれど、父は日本酒だけではなくビールにも合うと言っていたし、『酒びたし』も喜んでくれるだろうな、と思いつつ試食させてもらう。

口に入れたとたん、正確には口に近づけただけで強い魚の匂いを感じる。函館で買った『鮭とば』はこれほど『魚』を主張しなかったとは思ったが、魚が魚を主張するのは当たり前だ。説明によると『酒びたし』には、日本酒を少し垂らすほかに、軽く炙《あぶ》って食べる方法もあるそうだ。軽く熱を加えることで身も柔らかくなるし、ひと味もふた味も上がるのだろう。

鮭の町村上の鮭製品――これ以上の土産はない。できれば塩引き鮭の切り身も買いたかったが、日和にはちょっと手が出そうにない値段で諦めた。お店の人は、日和でも買えそうな『酒びたし』をすすめてくれたんだろうな……とひねくれたことを考えてしまう。

いずれにしても、あとは新潟駅でお酒を買えば、日本酒とつまみの最強お土産セットの出来上がりだ。ガス台を前に、真剣な眼差《まなざ》しで『鮭とば』を炙る父を想像してくすりと笑いながら『酒びたし』を購入した。

そのあと、ちょっと小腹が空いたと思いながら町屋通りを進むと、団子屋さんがあった。ガイドブックにも載っている店なのでやはり売れ行きがよかったらしく、ショーケースには数本しか残っていない。慌ててみたらしと味噌味を一本ずつ買う。

ただ二本買ったせいか、しっかり包まれてしまい、食べ歩きは出来なくなってしまった。でもまあ、あえて歩きながら食べたいわけではないからいいか、とエコバッグに入れる。宿に着いたあと、あるいは夕食後のデザートにすればいいだろう。

時刻は四時半近い。通り沿いの店はすでに閉店支度を始めているところが多い。名物の名を記した短冊に『売り切れ』の文字を重ねているところも……

第三話

とりあえず『酒びたし』と団子を買えたことで満足し、駅に向かうことにした。

観光案内所でもらった地図を頼りに駅を目指す。紙の地図は、現在地点を表してくれないのにどうしてこんなにわかりやすいのだろう。道案内アプリを使い慣れたはずなのに、今更紙の地図をありがたがる自分を不思議に思いながら歩いて行く。

降りたバス停がある通りを過ぎた次の信号で曲がって真っ直ぐ行けば駅に着けるはずだ。この角を曲がるはず、と地図を確かめたとき、少し先の店の名前に気付いた。

——あ、このお肉屋さんって、コンビニと一緒になってて村上牛のお弁当が買えるんじゃなかったっけ⁉

牛肉はもともと豚肉や鶏肉《とりにく》に比べて高価だ。特に名前に産地名が入ったいわゆるブランド牛は、びっくりするほど高い。だが、この地図に描かれている肉屋さんは細切れを使った網焼き丼や揚げ物を安価で販売している、というネット情報を読んだことがある。

ただし、安くて美味しいだけにあっという間に売り切れるので、この時刻まで残っていることはなさそうだ。でもまあ、それほど遠回りになるわけではないし、有名なお肉屋さんだから見るだけでも見ておこう、とバス停がある道を曲がるのをやめてさらに進む。次の角を曲がってすぐに、黄色と赤の看板が見えてきた。

——ちょっと入ってみようかな……宿に行く前に飲み物を買っておきたいし……

万が一残っていたとしても、この時刻にお弁当を買ってどうする。電車の中でミニ助六を食べただけなので、お腹は空いているには違いないが、今日の宿は一泊二食付きだし、これまでの経験上、宿の夕食というのは食べきれないほどの量がある。どれほど美味しくてコスパのいいお弁当であっても、食べる見込みがないものを買うわけにはいかないのだ。

あったらあったで困るのよ、と自分に言い聞かせるが、やっぱりほしいという気持ちは消えない。

だが、予想どおりショーケースに目当てのお弁当らしきものはなかった。

まじまじと売場を見ている日和に気付いたのか、店員さんが声をかけてくる。

「網焼き丼ですか？」

「え……あ、はい……」

今持ってきます、いくついりますか？ なんて訊かれたら買うしかなくなる。どうしよう、と思っていると、店員さんは申し訳なさそうに言った。

「ごめんなさい。ついさっき売り切れちゃったんです」

「ついさっき……」

「ええ。本当についさっき」

「あー……それでは仕方ないですね」

運がよかったのか悪かったのか、と悩みながら冷蔵ケースから水のペットボトルを一本取る。

そのままレジで支払いを終え、やれやれと外に出た。

――まあ、結果オーライよね。でも、ないとなると俄然《がぜん》食べたくなっちゃうのが不思議よね……ほかの店では手が届きそうにない村上牛だけに、残念さが募る。村上牛と松阪《まつさか》牛の違いなんてわからないくせに、と苦笑しながら駅への道を歩く。

第三話

もうすぐかな、と思ったころ、日和の目に薄緑色の建物が飛び込んできた。しかも、店先にテイクアウトコーナーが設けられていて、ものすごくいい匂いが漂ってくる。これぞまさしく『牛肉』という匂いだった。

匂いに引き寄せられるように行ってみる。どうやらここでは何種類かの牛串《ぎゅうぐし》、コロッケ、炙り寿司などが買えるらしい。先ほどのコンビニの弁当ほどではないにしても、かなりリーズナブルな価格だ。夕食前とはいえ、牛串一本ぐらいなら大丈夫だろうと信じて一番安い串焼きを注文した。

すると、肉を焼いていたお兄さんが店内に入るように言う。てっきり食べ歩き用かと思っていたら、ここで買ったものを店の中で食べてもいいようだ。

テーブル席も空いていたが、さすがに牛串一本で四人がけのテーブルを占領するのは申し訳なくて、廊下沿いの長椅子で待つ。五分ほどで、焼きたての牛串が届いた。

ものすごく期待していたと言えば嘘になる。なにせ一番安い牛串なのだ。これがものすごく美味しかったら高いものが売れなくなってしまう。とりあえず、『村上牛』を食べたという事実が大事、と自分に言い聞かせながら、一番先の肉片に齧《かじ》り付く。直後、日和はあまりの美味しさに悶絶《もんぜつ》しそうになった。

――待って待って待って!!　なにこれ、めちゃくちゃ柔らかいし、肉汁がすごいし、塩加減もちょうどいい!!　こんな牛串、食べたことないよー!!

ふたつ並びのびっくりマークを連打したくなるほど、牛串は極上の味だった。

牛肉の旨《うま》み成分はイノシン酸とグルタミン酸だと聞いたことがあるが、このふたつが口の中で躍りまくっている。もうずっとそのまま躍っていて、どこにも行かないで！　と祈りたくなってしまうが、どんな美味しい肉でも口の中にずっと入れておくのは無理だ。噛《か》み続けて味がなくなった肉は悲しい。適度に噛んで呑み込むしかなかった。

できればもう一本食べたい。こんな肉ならいくらでも食べられる。お金だって惜しくない。だが、時間がない。あと十分ほどで宿からの迎えが村上駅に着いてしまう。

後ろ髪を鷲《わし》づかみで引っ張られる思いで店を出る。お茶を出してくれたし、水も持っているけれど、牛肉の味が消えてしまうのが惜しくてなにも飲まなかった。そのまま歩き続けること五分、日和は無事に村上駅に辿り着いた。

五時まであと三分、大急ぎでコインロッカーに荷物を出しに行く。ロッカーの鍵《かぎ》を捜すのに手間取り、ようやく見つけてキャリーバッグを出してロータリーに戻ると、すでに宿の名が入ったワンボックスカーが停まっていた。近づいてくる日和に気付いたらしく、運転席の男性がひょいっと首を伸ばして訊ねてきた。

「梶倉さまですか？」

「はい。お待たせしてすみません」

「とんでもありません。どうぞ！」

キャリーバッグを引っ張り上げ、一番ドアに近い席に座ってシートベルトを締める。走り出して五分ほどで海沿いの道に出た。

――日本海だ！　でも私、このところ日本海ばっかり見てるなあ……

前の旅行でも海を見た。能登島の水族館に行き、釣りまで試みたし、輪島では三十分ほど海辺でぼーっとしていた。どちらも日本海である。『気がつけば日本海』なんてフレーズが頭に浮かび、くすりと笑ったところで宿に到着した。

チェックインを済ませて部屋に入った日和は、キャリーバッグを放り出して、窓に張り付いた。部屋は海の真ん前、広い窓から見えるのは海と砂浜、そして水辺に立ったまま釣りをしている人だけ。ほかの建物が一切入り込まない海景色に、これでこそオーシャンビューを謳《うた》う権利がある、なんて上から目線で頷《うなず》く。

そのまましばらく海を見ていたあと、ハッと気付いて浴衣《ゆかた》に着替える。ネット情報に、この宿の大浴場は海に面していて、夕日を見ながら温泉を楽しめるとあったのを思い出したのだ。

もうそろそろ日が沈む。一日歩き、いや小走りを続けて疲れた身体を温泉で癒《いや》しつつ、海に沈む夕日を眺めよう。オレンジに染まる海は、最高の食前酒がわりとなってくれるだろう。

第三話

午後七時、日和は半ば放心状態で食卓についていた。

目の前に並ぶ料理の豊富さもさることながら、とにかくお風呂《ふろ》が素晴らしかった。

日和が大浴場に入ったときはまだ夕日が傾き始めたばかりのころだったが、窓全面が海景色というのは部屋と変わりなく、むしろ浴槽にお湯が入っている分、風景に広がりがある気がした。温かいお湯に包まれているというのに、まるで海に浸《つ》かっているように思えてきたのだ。

徐々に世界がオレンジ色に染まっていく。空も海も……

身体はどんどん温まり、もう上がったほうがいいとわかっていても、あまりに美しすぎて湯船から出たくなくなり、我慢比べみたいにお湯に浸かり続けた。

夕日がすっかり沈んでしまうまで海を眺めていたあと、風呂から出たときには半ば湯あたり状態になってしまっていた。それでも後悔はしていない。海と夕日と温泉を一度に堪能《たんのう》できる機会なんてそうそうない。この大浴場があるだけでも、この宿を選んでよかったと思うほどだ。

ただ、この宿の利点はそれだけではない。実はこの宿、旅館とホテルの美味しいとこ取りをしているのだ。

ちゃんと温泉があり、一泊二食付きのプランを提供しながら部屋は板張りでベッドが置かれている。しかもベッドはかなり低いタイプだ。お年寄りや身体が不自由な方にとって、低いベッドの寝起きのしやすさは喜ばれるに違いない。

そして湯あたり気味の日和にとっても、夕食前に寝転がれるのはありがたかった。そのまましばらく横になり、夕食の時間になったので食堂に降りてきたという次第だった。

お風呂と部屋がこれほど快適なら、食事がありきたりでも満足できる。牛串も、部屋に入るなり食べてみた団子も、試食させてもらった『酒びたし』だってものすごく美味しかった。

あれだけでも村上は『美味しい町』と断言できるほどなのに、目の前に並ぶ料理はさらに美味しそうだ。特に、刺身の盛り合わせの美味しそうなことと言ったらない。マグロは細かく脂が散っているせいか薄桃色、一目で『口の中で溶ける』とわかる。そのうしろにあるブリは、血合いの鮮やかな赤と身の白の対比がくっきりとして新鮮そのもの、手前の甘エビも十分な甘みを持っているに違いない。先付け、小鍋《こなべ》、陶板焼き……どれも美しく盛り付けられ、いかにもごはんやお酒に合いそうだ。結局、お米が美味しいところではなにもかも美味しい。せっかく美味しいお米があるんだからおかずだって、と頑張った結果なのよね、と妙な納得をしてしまう。

しかもこの宿は、料金も駅前立地の大手ビジネスホテルと大差ない。駅から離れているという難点はあるが、送迎してもらえるならなんの問題もない。よくぞこの宿を見つけた、と自分を褒めたくなるほどだった。

席についてすぐ、係の人がコンロに火を着けに来てくれた。ついでに飲み物を訊ねてくれたので、地酒の呑み比べセットを頼んでみた。グラス一杯ずつで三種類なら、日和ひとりでも呑みきれるだろう。

呑み比べセットは『〆張鶴』と『大洋盛《たいようざかり》』の二種類あったが、『〆張鶴』は昨日も呑んだので『大洋盛』を選ぶ。『大洋盛』は『大洋酒造株式会社』が醸す酒で、町屋めぐりをしたときにもあちこちで名前を見かけた。村上では有名な地酒らしく、近くに酒蔵もあったのに時間がなくて行けなかったのだ。

――ここで呑み比べできてよかった。美味しければお土産に買っていけばいい……って、『越後おやじ』も『鶴齢』も『〆張鶴』も美味しかったよね？　美味しいからって片っ端から買ってたらとんでもないことになっちゃう！

恐るべし新潟、を再確認している間に、グラスが三つ並んだ『大洋盛飲み比べセット』が届いた。品書きの説明によると『紫雲《しうん》　大洋盛』『辛口特別本醸造　越乃松露《こしのしょうろ》』、『特別純米　大洋盛』とのこと。味の違いがちゃんとわかるだろうか、と不安に思いながら少しずつ呑んでみる。

――あー……うん……どれもすっきりしてる。特別純米はさすがって感じの存在感だけど、すいすい呑めるのはこの『紫雲』かなあ……

おそらく値が張るのは特別純米なのだろう。お米の味がしっかりするし、いかにも育ちがいい感じがする。正直、グラス一杯をゆっくり味わうならこれもいいが、たくさんは呑めそうにない。一方、ほかのふたつはいかにも普段のお酒という感じで呑みやすい。より好きなのは『紫雲』と結論づけたところで、お盆を持った係の人が近づいてきて、目の前に小鉢を置いてくれた。

ほかにも料理があったのか、と驚きながら小鉢の蓋《ふた》を取ると、でてきたのはロールキャベツ。醬《しょう》油《ゆ》ダレがかかった和風仕立てなのに、てっぺんに飾られているのはプチトマト。ロールキャベツが、『俺は西洋料理なんだよ！』と主張しているようでちょっと笑ってしまった。

ロールキャベツは出来たて熱々、冷めないうちに……と急いで食べてみると、濃い醬油色にもかかわらず出汁《だし》をしっかりきかせた優しい味付け、添えられていた里芋はホクホクでねっとり甘く、プチトマトは小片なのに甘酸っぱくて土の力を感じさせる。思わず、新潟には不味《まず》いものはないのか！　これ全部食べたら体重激増じゃないの！　と八つ当たりを始めそうになってしまった。

それでも残すことなんてできるわけもなく、すべての料理を平らげた。結果、部屋に戻るなりまたベッドで大の字、もう一度お風呂に入ろうと思っていたのに朝まで爆睡することになってしまった。

「お世話になりました」

第三話

「お気を付けて」

午前九時四十分、村上駅まで送ってくれた宿の人に挨拶《あいさつ》して車を降りた日和は、コインロッカーに荷物を預けに行こうとして立ち止まった。

予定では午前中に村上を観光したあと、午後一時半の特急で新潟に向かうことになっていたのだが、それは昨日の村上到着が夜になると思っていたからだ。

『笹川流れ遊覧船』が欠航になったせいで到着が早まり、昨日のうちに『おしゃぎり会館』も『町屋めぐり』も済ませてしまった。『町屋めぐり』についてはものすごい駆け足だったし、閉まっている店も多かったものの、一番見たかった『千年鮭』の店にも行けたし、レトロな町並みもこの目で見られた。夕方で人も少なかったためか、ガイドブックにあった『タイムスリップしたような散歩』もしっかり味わうことができた。もう一度行ってまで見たいものは残っていない。

——見たいものは見たし、美味しいものもしっかり食べた。朝ご飯も晩ご飯と同じぐらいすごかったし、お腹もいっぱい。いっそこのまま新潟に行っちゃってもいいかな……

新潟駅にはたくさんお店があったから、ゆっくりランチを食べて、お土産を探せばいい。昨日は間違えてしまったけれど、今度こそちゃんとコイン式の試飲機がある『ぽんしゅ館』にも行こう。旅にアクシデントはつきものだし、これはこれでいい思い出になる、と自分に言い聞かせ、改札に向かう。

次に新潟に向かうのは九時五十三分発の普通列車だが、三十分後に特急がある。あとから出た特急が先行する普通列車を追い抜くのはよくある話なので調べてみたところ、追い抜くことはないものの到着は十分しか変わらないことがわかった。のんびり電車に揺られていくのもいいが、ちょっと時間がもったいない。村上では『酒びたし』を買っただけだから、特急を待つ間にお土産を探すのもいいだろう。

十五分後、売店で温泉饅頭《まんじゅう》を買った日和はお手洗いに行こうと駅の外に出た。

依然として晴天、風もほとんどない。今朝、宿の窓から見た海岸風景が目に浮かぶ。日が昇ってすぐだったせいか、散歩をする人もなく、ただ波の音だけが響いていた。

この波が岩に砕ける様子が見たかった。変わった形の岩に当たると、波も不思議な砕け方をするのだろうか――そんなことを考えながら、いつまでも眺めていたのだ。

時刻は午前十時五分。もうしばらくしたら新潟行きの特急が来る。また村上に来る機会はあるだろうか。そのときは『笹川流れ遊覧船』に乗ることができるだろうか……

たぶん無理だ。今回乗れなかったんだから、次だって乗れない――そんな悲観的な考えしか浮かばない。哀しい気持ちで駅のロータリーを見回したとき『レンタカー』と書かれた看板が目に飛び込んできた。

――ここから『笹川流れ』ってどれぐらいかかるんだろ……もしかして車なら行ける？

大急ぎで検索すると、所要時間は二十五分。今は午前十時十分だから、すぐに車を借りて走れば、もともと乗るつもりだった一時半の新潟行きに間に合うかもしれない。

空の青さがさらに増した気がする。

飛び込みでレンタカーを借りようとしたことなんてない。そもそも当日借りられる車があるとは限らない。それでも行かずにいられない。『ダメ元上等』は案外うまくいく、と信じ、日和はレンタカー屋のドアを開けた。

第三話

五分後、日和はこれ以上にないほどに肩を落として改札前に戻ってきた。

借りられる車がまったくなかったわけではない。ただ、一台だけあった車は四輪駆動の大型車で、日和の手に負えそうになかった。ただでさえ時間との競争みたいなスケジュールなのに、運転に慣れていないサイズの車では事故を起こしかねない。

隣にあった観光タクシーの案内も目に入ったけれど、さすがに運転手さんと車内にふたりきりというのは辛《つら》い。やっぱり『笹川流れ遊覧船』には縁がなかったと諦めざるを得なかった。

とぼとぼと駅に入る。気持ちはもちろん、足取りも荷物もなにもかもが重い。いったん行けるかもしれないと思ったあとだけに、より落胆が激しくなっているのだろう。

ところが、肩を落としきって改札を通ろうとしたとき、アナウンスが聞こえてきた。

「間もなく酒田行き普通列車が参ります」

——酒田行き普通か……あれって桑川に停まるんだよね。でも行っても戻ってくるのが大変……

村上駅から桑川駅までは三駅、二十分しかかからないのになんて遠いのだろう。今日はほとんど風がない。きっと『笹川流れ遊覧船』も運航しているだろうに……

思わずため息が漏れたが、今更どうしようもない。運が悪かったのだ。このまま新潟駅に行こう。新潟駅で利き酒をして美味しいランチを食べて、お土産だってたくさん買おう。日本、いや世界中の海は繋《つな》がっている。ほかにも珍しい形の岩がある海岸はきっとある。そこまで『笹川流れ』にこだわる必要はない。

　何度そう自分に言い聞かせても、青空が脳裏から消えてくれない。さらに手が勝手にスマホで検索を始めてしまった。

　──十時二十五分の酒田行きに乗れば、十時四十五分に桑川に着く。次に桑川駅から村上に戻ってくる電車は十一時十八分、その次は午後二時三十二分発か……もしかして、なんとかなる？

　十一時十八分発に乗れば、新潟駅には午後一時三十五分着なので、もともとの予定より早い。たとえ午後二時三十二分に乗ったとしても、午後四時二十二分に新潟駅に着ける。東京行きの新幹線は五時二十六分発だから、それでもお土産を買うことぐらいできる。問題は、一時間では新潟駅近辺の観光も『ぽんしゅ館』の利き酒もできそうにない、ということだった。

　──うーん……いくら新潟が広くて見所ばっかりと言っても、県庁所在地をほぼスルーってどうかと思う。でも、今私は村上にいるのよね。新潟から村上を通ってその先の桑川までって、東京から新潟に来るのと同じぐらい……もしかしたら、心理的にはもっと遠くない？

　新潟には新幹線に乗ればすぐ来られる。新潟駅周辺に限れば、日帰り観光だって可能なぐらいだ。一方、桑川に停まる電車は一日に数本、運行に合わせて予定を組んできたところで、昨日のように天候次第では遊覧船が欠航になってしまう。

　新潟には今後も来られるかもしれない。だが桑川に行って『笹川流れ遊覧船』に乗る機会はそうそうない。万が一、今日も『笹川流れ遊覧船』が欠航で乗れなかったとしても、桑川は海岸に面した駅だから『笹川流れ』の風景そのものは見ることができる。酒田に向かう電車の窓から見るだけで満足するしかない人も多い中、あの風景の中に身を置けるだけで上等ではないか。新潟駅周辺観光を諦めてでも行く価値はある——それが、日和の結論だった。

キャリーバッグを引っ張りつつ、酒田行きが入線するホームに向かう。電車を待つ間も、彼方《かなた》に雨雲が発生していないか、風が強くなりはしないかと気が気ではなかったが、天候が崩れることはないままに電車がやってきた。

二十分後、日和は人気《ひとけ》のない桑川駅に降り立った。無人駅から出てみると、目の前に海が広がっている。青い空と青い海、少しの砂浜とたくさんの岩……ここが『笹川流れ』の始まりか、と日和は感無量だった。

しばらく海を眺めていたあと、ハッと気付いてスマホで写真を撮る。ちゃんと撮れているか確認しているうちに、達成感が湧いてきた。

とにかく『笹川流れ』に来ることができた。動き続ける電車の窓からでは到底撮れないような写真もたくさん撮れた。三十分後の上り電車に乗れば、午後一時半過ぎに新潟駅に着く。予約してある新幹線までは四時間近くあるから、『ぽんしゅ館』で試飲もできるし、お土産もゆっくり買える。昨日村上に向かう電車に乗り遅れたときには諦めた、新潟市内を一望できる展望台にも行ける。ある意味、今回の旅行で予定していたタスクをすべてこなすことができるのだ。

それでも……と日和は海岸線をじっと見つめる。

駅前ですらこれほど素晴らしい風景なら、本当の『笹川流れ』はどれほどの絶景なのだろう。奇岩に波が砕ける風景を『海から』見たかったのではなかったのか、ここで引き返していいのか……

答えは『NO』だ。

ここまで来たからにはやっぱり遊覧船に乗りたい。もう空席はないかもしれないけれど、とにかく電話をしてみよう。もしかしたら、なにかの理由で今日も欠航しているかもしれないが、そのときは潔く上り電車に乗ろう。二度試みて、今日は桑川までやってきて、それでも乗れなかったのなら、やっぱり縁がなかったと諦めることができるはずだ。

忙しくて出てくれないのではないか、と心配しながらかけた電話はワンコールで繋がった。恐る恐る運航状況を訊ねてみると、明るい声が返ってきた。

「大丈夫、運航してますよ。次の十一時三十分の便でも空席がありますけど、間に合いますか？」

「今、桑川駅にいますので、たぶん大丈夫だと……」

「ああ、駅にいらっしゃるんですね。じゃあ、迎えにいきます」

「え、そんな、歩きますって！」

「駅からけっこうあるんですよ。すぐに行きますから、ちょっと待っててくださいね」

そこで電話でのやり取りは終わり、十分後、黒っぽいワンボックスカーが日和の前に停まった。

窓から、見るからに元気、かつ人のよさそうな女性が顔を出す。

「梶倉さまですよね？　お待たせしましたー！」

「はい。すみません。急に電話したのに迎えにまで来ていただいて」

「とんでもない。どうぞどうぞ！」

第三話

日和が乗り込むのを待って車はUターン、来た方向に走り出す。道は狭いというほどではないが、歩道が確保されていない。車は軽快に走り、歩いている人を追い抜いていくが、自分が追い抜かれる身だったとしたらちょっと、いやけっこう恐い。迎えに来てもらってよかった、と思っていると、運転席の女性が話しかけてきた。

「昨日は申し訳なかったですねー」

「え？」

「せっかく予約していただいてたのに船が出せなくて」

日和はさっき電話したときに、自分の連絡先を告げていた。『梶倉』という名前と電話番号から、昨日欠航連絡をした相手だとわかったのだろう。女性は上機嫌で話し続ける。

「でも、今日はすごく晴れてるし、風もほとんどなくてかなりいい感じ。こんなにコンディションがいいことって滅多にないんです」

「そうなんですか。じゃあ、やっぱり来てよかった」

「本当ですよ。それにこの時間なら村上行きのバスにちょうど間に合いますし」

「バスなんてあるんですか!?」

「ええ。一日二本だけですけど。確か昼の便は、桑川駅を一時二十一分か二十二分発だったと思います」

『笹川流れ遊覧船』の航海時間は周遊コースでおよそ四十分。十一時三十分に出港すれば十二時十分過ぎに戻ってこられるので、村上駅行きのバスに十分間に合うと女性は教えてくれた。

村上牛と日本酒呑み比べ

村上・新潟

「ここから村上駅まででってどれぐらいかかるんですか？」

「三十分ちょっと、四十分はかからないはずです」

「そうなんですか！」

思わず小躍りしたくなる。村上駅から新潟に向かう電車は日中だと一時間に一本しかないが、教えられたバスに乗れば午後二時台の電車に間に合う。便数の少ない公共交通機関にありがちなことだが、おそらくバスの運行スケジュールそのものが、電車の発車時刻に合わせられているのだろう。

調べてみると、午後二時台の新潟行きは十四分の発車だった。この電車は午後三時三十五分に新潟駅に着く。予約済みの新幹線の発車までの二時間弱を、新潟駅で過ごすことができる。バスのおかげで『ぽんしゅ館』もお土産の買い物も諦めずに済むのだ。

「てっきりそれに合わせていらっしゃったのかと思ってましたが、ご存じなかったんですか？」

「知りませんでした。でも助かります」

「帰りも駅までお送りしますから、声をかけてくださいね！　そのほうが、ちょっとだけバス代が安くなりますから」

そこでちょうど遊覧船乗り場に到着し、日和は車から降りた。

遊覧船乗り場の駐車場には、たくさんの車が停まっている。その数から考えて、電車で来る人はほとんどいないのだろう。一瞬、やっぱりレンタカーを借りるべきだったか、と思ったけれど、どう考えてもあの車は運転できそうにない。今回は電車とバスの旅をすると決めて来たのだし、気儘《きまま》にお酒の試飲ができるのも運転しないからこそだ。諦めかけていた遊覧船にもちゃんと乗れるし、

第三話

新潟駅でもゆっくりできるのだから、結果オーライだった。

出航まで三十分ほどあるので、乗船券を買ったあと売店を見て時間を潰す。

ここで獲《と》れたらしき魚の干物がずらりと並んでいる。村上だけあって鮭の加工品も多く、帰りに買っていくことにする。幸い、宿の冷蔵庫がとんでもなく働き者だったらしく、高田の味噌屋さんでもらった保冷剤がカチコチに凍っていた。これなら味噌はもちろん、干物も問題なく持って帰れる。もっとも、欠航の連絡といい、車での送迎といい、ここの人たちはとても親切だ。干物を買ったら、山ほど保冷剤を入れてくれるに違いない。

イカやホタテを焼いた物も売っているし、麺《めん》類やちょっとした定食もある。デザートにアイスクリームを食べることもできる。待ち時間を潰すのになんの問題もないな、と思っているうちに出航時刻が近づいてきた。のんびり乗り場に行ってみると、すでに長い列が出来ていた。

――うわ……すごい列！　さっきよりうんと車も増えてる。私、けっこう早く乗船券を買ったはずなのに……

ほとんど一番に近い時刻に来ていたのに、乗船は最後になりそうだ。迎えに来てくれた女性が、遊覧船は右側に乗ったほうが眺めがいいと教えてくれたけれど、ちゃんと乗れるだろうか。

もっと早く並んでおくんだった、と後悔しながら最後尾につくと同時に乗船が始まった。右側の席は残っていないかも、と心配だったが、いざ乗り込んでみると、右側はガラガラ……余裕で席を占めることが出来た。

遊覧船はどちら側に座るかがけっこう大事だ。周遊コースならたとえあまり眺めのよくないほうに座ってしまったとしても、帰りに見ればいいと考える人もいるかもしれないが、行きは詳しく説明しながらゆっくり運航しても、帰りはさーっと港に戻ってしまうことも多い。せっかく岩の名前や名付けられた理由、成り立ちなどを説明してくれているのだから、聞きながら実物を見たい。

船は現在、左側を岸に向けて止まっているせいか、そちら側の席のほうが人気のようだが、迎えに来てくれた人が嘘をつくわけがないし、バックで進み続ける遊覧船はありえない。案の定、出港した船は接岸壁を離れたあと、海に出るなり半円を描き、無事に右側を岸に向けて運航を開始した。左側の席から上がった軽い失望の声に、あらかじめどちら側がいいか教えてくれた女性に感謝するばかりだった。

青い空、青い海、きらめく水面《みなも》、白い砂浜、そして風変わりな形の岩々……目に入るすべてがため息を生む。

中でも日和が気に入ったのは『君戻し岩』で、風景の美しさに続けざまにスマホのシャッターを切った。源 義経《みなもとのよしつね》が奥州《おうしゅう》へ落ち延びようと笹川流れ付近の海岸を小船で通った際に、その美しい景色を義経公に見せようと家来がわざわざ呼び戻したというのも頷ける。

『君戻し岩』ばかりではなく、『笹川流れ』には『眼鏡岩』『びょうぶ岩』『恐竜岩』など変わった形の岩がたくさんある。遊覧船からは見られない『青の洞窟』と呼ばれる海水の透明度が極めて高いと評判の洞窟やキャンプ場もあり、夏の訪問客も多いという。確かに、この透明度の高い海ならば海水浴もさぞや楽しいに違いない。

それでも、この美しさは秋の深い青を湛《たた》える空があってこそだ。空が青くなければ海だって濁った色に見えてしまう。なにより、迎えにきてくれた人が『こんなにコンディションがいいことって滅多にない』と言っていたではないか。夏でも昨日でもなく、今日ここに来られてよかったのだ。

あのまま新潟に向かわなくてよかった。日和は自分の決断を褒めながら、流れる風景を目で追っていた。

第三話

「キャー！　寄ってきすぎー!!」

「こわい！　こわい！」

前の席から悲鳴に近い声が上がった。

船内で餌を買ったカップルが窓を開けてカモメに餌をやっている。どうやらこのあたりのカモメは、遊覧船の乗客が餌やりをすることがわかっているようで、出港してすぐのころから周りに群がっていた。実際に餌やりが始まるのは、海岸線の風景についての説明がほぼ終わってからなので、その間ずっと船についてきていて、彼らにしてみれば『待たせやがって！』というところだろう。

本来なら自力で獲らなければならない餌を船から投げてもらえるだけでもありがたいだろうに、と思うが、カモメがそんな感謝をするはずがない。餌をもらうのが当たり前になっていれば、いつまでだって船に群がってくるに違いない。

――でもこの子たち、欠航のときとかどうしてるんだろ……

ふとそんな疑問が湧く。ここ三年ほど、ありとあらゆる観光地でカモメならぬ閑古鳥が鳴いていた。今日のような絶好のコンディションでも、遊覧船に乗る人がいなければ欠航するしかない。餌

村上・新潟

をもらうことに慣れたカモメたちは、待っても待ってもやってこない遊覧船に困惑したのではないか……

この必死とも思える群がり方は、昨日の欠航の影響かもしれない。実は日和も餌をやってみたかったのだが、あまりにもたくさんのカモメに気圧《けお》されて、餌を買うのをやめた。

餌を持った手に突っ込まれそうになりながら悲鳴を上げている人たちを見ていると、賢明な判断だったらしい。日和としては、元気すぎるカモメたちをカメラに収めるだけで十分だ。餌を持っていない日和のところに突っ込んでくるカモメはいないし、少し離れているほうがいい画《え》が撮れる。

写真ばかりか動画まで撮れて、日和は大いに満足していた。

カモメの餌やりのあと、遊覧船はかなりのスピードで港に戻った。やはり行きにしっかり見られる席に座ってよかった、とほくそ笑みながら船を下りたとたん、醬油のいい匂いがしてきた。売店の人たちが、船が戻ってくるのに合わせてイカやホタテを焼いているのだろう。

時刻は正午を過ぎているが、朝ご飯をたっぷり食べたせいかお腹はそれほど空いていない。本当に新潟はダイエットの敵だ。お米は美味しいし、おかずはもちろん佃煮《つくだに》や漬物まで全部美味しくて、食べ過ぎとわかっていても箸が止まらなかった。そもそも、日本酒の喉越《のどご》しのよさと食欲増進力といったらない。夕ご飯はちょっと豪華な駅弁を買うつもりだし、お昼はイカ焼きぐらいにしておかないと、体重計が大変なことになりそうだった。

イカ焼きを買って休憩スペースに行く。テーブルがあって食べやすいし、無料のお茶や水も用意されているので、時間を潰すのにもってこいだ。

第三話

プラスティックのパックを開けると濃い醤油と海の香りが広がった。焼きたてを詰めてもらったからまだまだ熱く、添えてもらったマヨネーズが温まっていい感じだ。

このところイカはもっぱら刺身ばかりで、イカ焼きを食べるのは久しぶりだ。子どものころにお祭りで買ってもらったこともあるが、丸ごとは食べ切れないだろうからと家族と分け合っていた。焼きたてのイカをひとり占めできるだけで嬉しいのに、お祭りのときと違ってマヨネーズまでついている。イカ焼きはそのままでも美味しいけれど、醤油ダレとマヨネーズのコラボは最高だ。

やっぱり来てよかった、と思いながらマヨネーズをつけたイカを食べてみる。食べやすい大きさに切ってあるのがありがたい。ほんのり甘い醤油ダレがマヨネーズとよく合うし、思った以上に柔らかくて箸が止まらない。イカが冷めるより早く、プラスティックケースは空になってしまった。

――あー美味しかった！　やっぱりこういうのは熱々が一番よね。座って食べられて、小腹満たしにちょうどいい……っていうか、イカってけっこうお腹に溜《た》まるのね……

それほど大きくはないのに満足度が高い。生も焼いたのも天ぷらも美味しい。煮物にしてもいい出汁が出る。イカってすごい、と思いながら、空になったケースを捨てに行く。

売店は船から下りてきた人たちでいっぱいだ。この売店は、遊覧船会社が経営しているようで、迎えに来てくれた女性も忙しそうに動き回っている。遊覧船の運航、お土産の販売、食堂での料理、おまけに客の送迎までしなければならない。しかも、売店に並んでいる干物には『手作り』の文字が添えられている。遊覧船の運航の合間に干物まで作らなければならないなんて激務過ぎる。

ここの人たちはなんて働き者なのだろう。しかも、みんな愛想がよくて親切だ。すごいなあ……

と思いながら見ていると、イカ焼きを売っていた若い女性が、日和に気付いて声をかけてくれた。

「あ、駅に行かれるんですよね？　今、お送りしますねー！」

「一段落してからで大丈夫です。まだ時間はありますから」

なんなら、すぐ近くにもバス停があるのだから、そこから乗ってもいいと思ったのだが、やはりバス代がもったいないと言われて送ってもらうことにした。

時計を見ると、まだ十二時半を過ぎたばかり。今送ってもらっても、駅で待つことになるし、みんな忙しそうだ。客たちの相手が終わってからでも十分間に合う、と言う日和に、若い女性はぺこりと頭を下げた。

「ごめんなさい。じゃあ、お言葉に甘えますね」

「はい。このベンチに座ってていいですか？」

「どうぞどうぞ」

イカ焼き売場の目の前にベンチがあったので、そこで待たせてもらうことにする。買い物のやり取りに耳を傾けたり、海から吹いてくる微《かす》かな風を心地よく感じたりしている間に時が過ぎていく。

午後一時過ぎ、お待たせしましたー！　とやってきた男性に車で駅まで送ってもらう。バス停は駅の真ん前にあり、しばらく待ってやってきたバスに乗り込む。驚いたことに、その時点で乗っていたのはひとりだけ……採算とは？　と首を傾げたくなる状況だった。

日和が乗り込んだ桑川駅前はもちろん、その後のどのバス停にも人影はなく、降りる人もいない。おそらくもうひとりの乗客も、村上駅まで行くのだろう。停まることなく十五分ぐらい走ったあと、

第三話

バスが急停車した。正確には『急』なんかではなく、緩やかにブレーキをかけて停まったのだが、ずっと走り続けていたからそう感じただけだ。

停まったのはバス停を十メートル以上過ぎたところで、何事かと思って窓の外を見ると、後ろから年配の女性が小走りに近づいてくる。バスの運転手さんは、バックミラー越しに女性を見つけて停まってあげたのだろう。

必死といわんばかりの女性の形相と運転手さんの振る舞いに、一日二本しかないバスの重要性を知る。どんなに採算が取れなくてもなくしてはいけない公共交通機関があるに違いない。

そのまま駅が近づいても乗客は数人しか増えず、バスはのんびりと村上駅に到着した。数分後にやってきた新潟行きの普通列車に乗り込む。こちらもかなりガラガラでボックス席にひとりで座ることになった。

――ごめんね。もっとしっかりこの町を見られたらよかったんだけど、どうしても『笹川流れ』が見たかったの。でも本当にありがとう。こんなにいいお天気の日に、あの絶景を見せてくれて。次に来ることがあったら、ゆっくり町屋めぐりをしてお城の跡や鮭の博物館にも行くからね！

そんな思いとともに日和は、電車の窓から小さくなっていく村上駅を見つめる。いつもよりさらにつまみ食いみたいな観光になってしまったけれど、ここでも『次に来る楽しみ』を残せたことを喜ぶことにした。

一時間二十一分の乗車を経て新潟駅に到着した日和は、『ぽんしゅ館』に直行した。

今日は電車の中でコイン式の利き酒マシーンがある場所を調べておいたので、スムーズに辿り着くことできた。五百円と引き換えに、コイン五枚と小さな猪口が渡される。水色の底面に渦《うず》巻きが施された、これぞ『試飲用』という猪口で、『唎酒師《ききさけし》』にでもなった気がする。

日本酒の甘い、辛いすらわからない『唎酒師』なんていない、と苦笑しながら、どのお酒を呑むか考える。壁沿いに設けられたマシーンは、あまりにも銘柄が多すぎて全部見るだけでも大変だ。

特別なお酒は複数枚必要なこともあるが、基本的にはコイン一枚につき一銘柄を試すことができる。呑んだことがある銘柄を外すべきかどうか悩んだ末、三銘柄は知らないもの、二銘柄は呑んだことがあるものに決める。たとえ呑んだことがある銘柄でも、年度によって仕上がりは違うし、より蔵元に近い新潟と延々と運ばれた先で呑むのとでは味が違うのではないかと思ったのだ。

まず呑んでみたのは『越乃あじわい』、阿賀野《あがの》市にある『越つかの酒造』のお酒である。説明にあるとおり『みずみずしい味わいの軽快なお酒』だったが、残念ながら『ナッツの香り』はわからなかった。

やっぱり『唎酒師』は無理だな、と思いながら次のコインを入れようとして手を止める。父が続けて試飲するときは猪口を替えろと言っていたのを思い出したのだ。さもないと酒がまじって本来の味がわからなくなるという。

だが、周りを見回しても代わりの猪口は置いてない。ひとりにつき猪口はひとつに限られているようだ。かわりに『和らぎ水』と書かれた蛇口があったので、猪口に水を汲《く》む。試飲の間に必ず水を飲むように、というのも父の『教え』だ。二杯飲んだあと、ポケットティッシュで猪口に残った

第三話

水を拭《ぬぐ》い、またマシーンのところへ……

お酒、水、拭う、お酒、水……と繰り返すうちに、日和はなんだか疲れてしまった。

——他の人は平気で続けて呑んでるし、間にお水を飲む人だってほとんどいない。お父さんから余計なこと聞かなきゃよかった……

逆恨みとはこのことだ、と自分でも思う。お酒本来の味を知ろうと思ったら、父のやり方が正しいに決まっている。それでも、知らなければもっと気楽に試飲が楽しめた。知識は邪魔にならないと言うけれど、例外がないわけじゃないと思いながら、日和は五枚のコインを使い切った。

ちょっと面倒だったけれど、高田ですすめられた『越後おやじ』と同じ酒蔵の『特別純米　妙高山』や両親がお気に入りの『純米吟醸　朝日山《あさひやま》』を呑むことができたのはよかった。どちらも都内ではなかなか見かけないお酒だから、できればお土産に買っていきたい。

ところが、売っているといいな、と思いながら向かった販売コーナーで、日和はまたしても試飲することになってしまった。売場に入るなり、見るからに熟練そうな女性販売員が話しかけてきたのだ。

「おねえさん、お酒を探してるの？　まず、これ呑んでみて！」

否応《いやおう》なしとはこのことだ。しかも、販売員さんは同じ蔵元のお酒を次々にすすめてくる。もしかしたらこの人は、日和が試飲マシーンコーナーから出てきたのを見ていて『イケる口』と判断したのではないか、と疑うほどだった。

ただ、新しいプラカップに注いでくれるので先ほどのような面倒さはないいし、どのお酒も美味しい。ほかの銘柄を探しに来たはずなのに、気がついたら販売員さんおすすめのお酒を買っていた。恐るべし熟練販売員、とは思ったが、すすめられた『嘉山《かやま》』は梶倉家好みの『純米吟醸』でとろりとした舌触り、生酒のせいか軽くてすいすい呑めそうなお酒だった。

結局、押し切られるように『嘉山』を買ってしまったが、その後探してみても『特別純米　妙高山』も『純米吟醸　朝日山』も見当たらなかったからちょうどよかった。おそらく両親も呑んだことがないだろうから、きっと喜んでくれるに違いない。

高田の味噌、村上の『酒びたし』、新潟の酒。お土産のラインナップは完璧《かんぺき》だが、あまりにも『左党』過ぎる。まだ時間はあるし、笹団子ぐらいは買おう。お米が美味しいところだからおにぎりもきっと美味しい。いっそ駅弁をやめておにぎりを買うことにしようか……などと見て回っているうちに欲しいものがどんどん増える。気がついたときには、お土産用のショッピングバッグがいっぱいになるほど買い込んでいた。

――いっそお米も買って帰りたいぐらいだけど、さすがにもう無理！　このショッピングバッグはキャリーバッグの持ち手に通せるにしても、重さでキャリーバッグの車輪が壊れちゃう！

未練を残しつつも買い物は終了。荷物の重さに喘《あえ》ぎつつ、新幹線改札口に向かう。それでもなお、途中の売店にあった駅弁を買い込む。夕ご飯用にはおにぎりを買ったにもかかわらず、パッケージの焼き肉の写真があまりにも美味しそうで我慢できなかったのだ。

おにぎりはもうショッピングバッグに収まっている。もともとお土産だったってことにすればいいし、駅弁は電車の中で食べるから荷物が増えることにはならない――そんな自分への言い訳が虚《むな》しい。

　それでも、村上牛の駅弁は、食べた瞬間に栄養が身体中を駆け回るようだった。近頃の駅弁は量が少なめになっていることも多いようだが、この赤い箱の駅弁はごはんも時雨煮《しぐれに》の牛肉もたっぷり入っている。道理でけっこう雑に運んで箱が傾きまくったのに、片方に寄って隙間が出来るなんてことはなかったはずだ。

　甘辛い時雨煮ともっちりしたごはんを楽しんでいる間に、新幹線はどんどん進む。あと一時間もすれば東京に着き、旅が終わってしまう。

　けれど、いつものような寂しさはない。それほど充実した旅だったし、次の旅への楽しみがある。なにより、明日からまた仕事だ。折れてしまったUSBメモリーは取り返しがつかないけれど、みんながわざとじゃないことはわかってくれているし、落ち込む日和を慰めてもくれた。優しい同僚への感謝を込めて、今まで以上に仕事に励もう。どんな働きをすればあの失敗を取り返せるのか見当もつかないけれど、とにかく頑張るしかない。

　そんな決意を固めたとき、窓辺に置いていたスマホの画面が明るくなり、メッセージの着信が表示された。

　蓮斗は、今、日和が旅に出ていることを知っているし、日和の旅がもうすぐ終わるというタイミングでメッセージを送ってくれることが多い。彼、もしくは帰宅時間を訊ねる家族のどちらかだろうと思いつつ、スマホを手に取る。ところが、メッセージの主はまさかの同僚、麗佳だった。

『空白の三年間のデータ、見つかりました！』

第三話

続けて、舞い踊っているクマのスタンプが送られてきた。普段の麗佳なら絶対に使わないような浮かれたスタンプに、彼女の興奮のほどが知れる。いったいどこから、どんなふうに見つかったのだろう。日和のために、わざわざ探してくれたのだろうか……

すぐにでも電話をして詳細を確かめたい。だが、電車の中ではそれもできず、やむなくメッセージで訊ねる。返ってきたのは、これまで日和が受け取った中で最長と言うべきメッセージだった。それによると、麗佳が古いパソコンの処分を浩介に頼んだ際、データをチェックするように言われたらしい。仕事でも使っていたパソコンだったため、万が一にもデータが流出しては大変だから、と浩介は物理的に壊すつもりだったそうだ。そして、本当に全部が必要ないデータばかりかと確認した結果、『空白の三年間』のファイルが見つかったという。

一度だけ、家で作業したことがあり、その際に保存したものだそうで、麗佳本人もすっかり忘れていた。もっと早く思い出していれば、日和も斎木もあんなに落胆せずに済んだのに、と麗佳に詫《わ》びられ、日和は恐縮してしまった。

いずれにしても、これで顧客データを完全なものにできる。斎木課長もさぞや喜んでくれるだろう。あの失敗をこんな形で取り戻せるなんて思いもしなかった。

このタイミングでパソコンの処分を思い立った麗佳にも、データの再確認を提案してくれた浩介にも足を向けて寝られない。お土産をもっとたくさん買えばよかった、と思っても後の祭り……

次の旅では、麗佳と浩介にたくさんお土産を買おうと心に決め、日和は麗佳とのやり取りを終わらせた。

窓の外の暗さと裏腹に、日和の気持ちはとても明るい。麗佳がデータを見つけてくれたことと日和の旅は関係ない。それでもやっぱり『旅の成果』だと思いたい。落ち込んだまま旅に出て、気分を変えてまた頑張ると決めたことで、すべてがいいほうに動いた気がするのだ。

次はどこに行こう。まだ足を踏み入れたことがない県がいくつも残っている。いっそ全国踏破を目指そうか、と思いながら検索を始める。

車両の風切り音に耳を傾けながら、日和は次の旅に思いを馳《は》せていた。

第三話

第四話　山口

——瓦そばとフグ

第四話

日和が隣席の麗佳に声をかけられたのは九月第三週の月曜日、あと数分で昼休みが始まるというときだった。

「梶倉さん、お昼はお弁当？」

「いいえ。今日は外に行こうかなと」

「ご一緒してかまわない？」

「もちろん。でも、珍しいですね」

ここ数年、外食がままならない状況が続いたことと節約志向が重なって、麗佳はお弁当を持ってくるようになった。聞けば、夫の浩介と交代で弁当を作っているらしい。日和も麗佳の影響でお弁当を作るようになったが、必ずしも毎日ではない。前日に下準備ができなかったり寝坊をしたりで、コンビニや外食に頼ることも多い。だからこそ、お弁当かどうかを訊《き》かれたに違いないが、麗佳が一緒に外に出ようとしたのは、ずいぶん久しぶりのことだった。

怪訝《けげん》な顔になった日和に、麗佳はなぜか申し訳なさそうに答える。

「昨夜《ゆうべ》、ちょっと浩介と話し込んじゃって……」

「そうだったんですか。でも、私はご一緒できて嬉《うれ》しいです」

「そう言ってもらえると私も嬉しいわ。じゃ、出かけましょうか」

そこでちょうど十二時になり、麗佳は机の一番下の引き出しから小さなバッグを取り出した。同じく日和もバッグを持って立ち上がる。

「たらふく亭でいいかしら？」

「もちろんです」

『たらふく亭』は会社から歩いて五分ぐらいのところにある、庶民的な定食屋で、お手頃価格で味もいいため時折足を運んでいる。日和だけではなく麗佳にとってもお気に入りの店なので、前にも一緒に食べに行ったことがあった。

「じゃ、行きましょう。空《す》いているといいけど」

定食屋の前で長々と待つのはいやよね、と言い合いながら『たらふく亭』に向かう。十二時とともに会社を出てきたせいか、まだそれほど混み合ってはおらず、落ち着けそうな隅の席を占めることができた。

ふたり揃って日替わり定食を注文したあと、麗佳がほっとしたように言う。

「よかった。ここならゆっくり話ができるわ」

「話？　なにかありましたか？」

「あなたに謝らなければならないことがあるの」

「はい？」

月曜日のせいか、午前中はとても忙しかったが、麗佳に限って失敗などするはずもなく、いつもどおりの落ち着いた仕事ぶりだった。むしろ、データの数字を読み間違えるという日和のミスに気付いて指摘してくれたほどで、彼女が謝ることなど思い当たらない。

ところが、きょとんとする日和に麗佳は本当に申し訳なさそうに言った。

「蓮斗が転勤になるわ」

「え……」

「正確には『なった』って言うべきかしら。内示とかじゃなくて、もう辞令が出ちゃったらしいから」

「それはそうですよね……」

内示段階で口外できるわけがないことぐらい日和にだってわかる。たとえ同僚かつ親友である浩介が、蓮斗本人から相談を受けたとしても麗佳に伝えていいことではない。麗佳が口にしている以上、正式な辞令が出ているのは明らかだった。

だが、転勤はあくまでも蓮斗の会社の都合で、麗佳が日和相手に詫《わ》びる理由はない。ますます首を傾げる日和に、麗佳は深々と頭を下げた。

「その転勤、実は浩介と蓮斗のどちらかって話だったの。こう言うとふたりに失礼だけど、本当にどちらでもいいって感じ。それで蓮斗が名乗りを上げたの。浩介には家族がいるし、家族ごと引っ越させるのは大変だからって……」

「引っ越し!?」

思わず大きな声が出た。

蓮斗の会社の拠点は関東に集中している。転勤するにしても通勤時間が増減するぐらいで、引っ越しが必要なほど遠くに行くことはないと思っていたのだ。

しかも、話の進め方がまったく麗佳らしくない。

普段なら『蓮斗が』と『転勤になるわ』の間に、はっきり地名を入れたはずだ。いつもと違いすぎる麗佳の様子に、日和は嫌な予感しかしなかった。

「けっこう遠くなんですか？」

「九州」

「九州⁉」

日和にとっての九州は、飛行機の距離だ。新幹線で行けることはわかっているが、東京からでは時間もお金もかかりすぎる。航空会社の早売りやバーゲンセールを利用してやっと行ける。そんな場所に蓮斗が転勤する——頭の中が『絶望』という文字でいっぱいになった。

「本当にごめんなさい！　でも私、浩介が行けばいいじゃない、とは言えなかったの！」

「そ、そんなの、あ、当たり前ですよ……」

動揺でスムーズに言葉が出てこない。

浩介と麗佳は極めて仲の良い夫婦だから、浩介を単身赴任させたくないのは当然だ。かと言って、ついていくわけにもいかない。麗佳自身、会社を辞めるなんて論外だろうし、辞められて困るのは小宮山商店株式会社、一番途方に暮れるのは日和かもしれない。

蓮斗はそんなふたりの事情をよく知っている。だからこそ、自分が行くと言ったのだろう。

麗佳は泣き出さんばかりになっている。今まで見たこともない辛《つら》そうな表情に、日和は大きく息を吸った。

――大きく息を吸って、ゆっくり吐く。はい、もう一回！

まず深呼吸、と自分に言い聞かせる。二度、三度と繰り返すうちに、徐々に気持ちが落ち着き始めた。今まで見たこともない麗佳の辛そうな表情に、逆に申し訳なさが募った。

「麗佳さんが謝ることなんてないですよ。浩介さんを単身赴任させたくないのは当たり前です。それに、蓮斗さんが決めたことに、私がどうこう言えるはずありませんし……」

「それはそうだけど、これからってときに……っていうより、まだその状態のままってことが問題なのよ！」

麗佳は、蓮斗が鹿児島から戻ってきた日和を空港まで迎えに来てくれたときの『俺、梶倉さんの騎士だから』という発言を真に受けて、ふたりの仲が一気に進むと思い込んでいた。けれど、実際は、依然として友だち、もしくは『友だち以上恋人未満』の関係が続いている。日和の気持ちを知っている麗佳にしてみれば、じれったくて仕方がないに違いない。

「あの、根性なし！」

さっきまでの申し訳なさそうな顔はどこへやら……麗佳は蓮斗を罵《ののし》り始める。日和にしてみれば『根性なし』はお互い様、蓮斗の転勤は『あんたら縁がないよ』という神様の思《おぼ》し召しかもしれない。それ以上に、このタイミングで蓮斗が転勤を受け入れたという事実が、日和と会えなくなってもかまわないという気持ちの表れに思えて辛かった。

「麗佳さんや私が思うほど、蓮斗さんは私に気がないってことですよ……」

言ったとたん、言葉の持つ力の強さを思い知る。言霊となって本当に彼との縁が切れてしまう気がする。慌てたように麗佳が言った。

「そんなことないわよ！　だって浩介が、蓮斗はけっこう梶倉さんの話をするって言ってたもの。気がなければ話題にもしないでしょ」

「共通の知人だからじゃないですか？」

「それはそうかもしれないけど……でも……」

「とにかく、麗佳さんが謝ることなんてありません。それに、転勤が決まったのに私にはなにも連絡がないってこと自体……」

「それは違うわ！　辞令は出たのは先週末だから、話す暇がなかっただけよ」

「三日前ってことですよね？　三日もあれば連絡できませんか？」

蓮斗とは日常的にSNSでメッセージのやり取りをしている。そういえば、空港に迎えに来てもらったあと急激に増えた連絡頻度も、気がつけば元どおりの五月雨《さみだれ》式になっている。

それでも、転勤の話が出ないのは、日和に教える必要はないと思っているからだろう。

「たぶん、このままフェイドアウトってことでしょうね」

「それでいいの？」

「よくないです。でも、ゴリ押ししてもいい結果になる気がしません」

「梶倉さん……」

そのタイミングで、日替わり定食が届いた。

第四話

いつもならごはんがあっという間に消えそうなナスの味噌《みそ》炒め定食なのに、一向に箸《はし》が進まない。それでも残すわけにもいかず、なんとか皿の上を空にする。その間、会話はほとんどなく、時折向けられる麗佳のなにかを言いたくても言えないといった感じの視線が痛かった。

「じゃ、出ましょうか」

食後のコーヒーを飲み終わり、麗佳がすっと立ち上がった。

いつにも増して言葉は少なく、表情には申し訳なさがこもっている。このままでは仕事にまで支障が出かねない、と判断した日和は、ことさら明るく言った。

「そんな顔しないでください。麗佳さんに責任なんてこれっぽっちもありませんから」

「でも……」

「たとえ蓮斗さんの転勤が、麗佳さんと浩介さんへの気遣いからだったとしても、それは蓮斗さん自身の判断です。もしかしたら、蓮斗さんは、私が煩わしくなっていた可能性もありますし……」

「そんなはずは……」

「わかりませんよ？　蓮斗さんは優しいですし、私は麗佳さんの同僚です。無下にはできないけど、これ以上関係を深める気もない。だとしたら、心理的にも物理的にも距離を置ける転勤は一番いい手段です」

「決定的なことはなにひとつ言わずフェイドアウト？　あの卑怯者《ひきょう》！」

「卑怯じゃありませんよ。いかにも蓮斗さんらしいってだけです」

「この期に及んでまだあいつを庇《かば》うの？」

「……仕方ないじゃないですか。気持ちなんて、そんなに簡単に変えられませんから」

どれだけ厳しい状況であっても、蓮斗を想う気持ちは変わらない。好きなものは好きなのだから仕方がない。もしも転勤を受けた動機に日和と距離を置きたいという気持ちが含まれていたとしても、彼を責めることはできない。むしろ日和を傷つけたくなくて、やむを得ずそんな方法を選んだのではないか、と申し訳なく思うほどだ。

会社への道を歩きながら淡々と思いを語る日和に、麗佳は深いため息を吐《つ》いた。

「本当に良い子ね。そして強いわ。いつの間にそんなに強くなったのかしら……。入社してきたころ、人見知りでおどおどして、仙川係長に叱られてばかりだった梶倉さんはもういないのね」

「え……いたほうがいいですか？　私、今の自分がけっこう好きなんですけど？」

あえて軽い調子で返す。麗佳はふっと笑って首を左右に振った。

「なんだか子どもが巣立ったみたいで、ちょっとだけ寂しいだけ。でも、『今の自分がけっこう好き』って言い切れるのは本当に素敵なことよ。どうしてこの素敵さがわからないのよ、あの馬鹿は！」

「きっと『素敵さ』が足りなかったんでしょう。でも、これで終わりじゃありません」

「え？」

「だって私、振られたわけじゃありませんから。蓮斗さんが戻ってくるまでに、もっともっと頑張って『自分磨き』します」

「『自分磨き』か。私、その言葉は大っ嫌いだけど、梶倉さんが言うと頑張れーって思えるから不思議。やっぱり私、梶倉さんのお母さんなのかしら……」

我が子かわいさで嫌いな言葉まで魅力的に思えるのかも、と麗佳は微笑む。

――ここまで私をかわいがって、応援してくれる存在がいる。なんてありがたいことだろう。性格がよくて美人で仕事もできる。そんな麗佳さんをやっかみ、蓮斗さんとの仲を疑ったこともあるけれど、やっぱり麗佳さんは魅力的な人だ。この人を見習って、これからも頑張っていこう！

悲しい決意とともに、日和は足を速める。いつもより食事に時間がかかったせいで、午後の仕事開始時刻が近づいている。まずは今日の仕事をしっかり終わらせる。そのあとは、次の旅行の計画でも立てよう。

とりあえず、今の自分に必要なのは日常から離れること。そんな気がしてならなかった。

第四話

十月第三週金曜日、日和は山口宇部《うべ》空港に到着した。

このままでは使い切れないわよ、と麗佳に発破をかけられて一日有休を取り、二泊三日の旅に出たところである。

時刻は間もなく正午、そのまま真っ直ぐにレンタカーカウンターに向かう。

新潟では電車とバスの旅で、車窓風景を存分に楽しめた。お弁当も食べられるし、訪問予定地のリアルな情報もスマホで調べ放題で、今回もできれば同じようにのんびり、いっそビールか酎《ちゅう》ハイでも片手に旅をしたい気分だった。けれど、乗り継ぎを調べてみたらあまりにも不便すぎて車を借りるしかなかったのだ。

――『笹川流れ』もそうだったけど、いわゆる『絶景』って人里離れたというか、簡単には行け

瓦そばとフグ
山口

ない場所にあるからこそ『絶景』のまま残されてるんだろうなあ……

そんな風景が見たくてペーパードライバーを返上したのだ。駅近五分の絶景なんてむしろ興ざめだ、と自分に言い聞かせ、ハンドルを握る。山口宇部空港から目的地、秋吉台《あきよしだい》まではおよそ五十分、本数の少ないバスを待つよりずっと楽に着ける。

山口県には足を踏み入れたことがないが、有名な観光地がたくさんある。広大なカルスト台地とその下に広がる秋芳洞《あきよしどう》を見たあと、萩《はぎ》で一泊。そのあと下関《しものせき》に移動して海の幸、山の幸を堪能《たんのう》する、というのが今回の計画だ。

下関には大きな市場があるし、フグも有名である。日和の財布には少々、いやかなり厳しいけれど、せっかく来たのだから味わってみたい。しっかりお金を貯めようと心に決めてはいるが、今回は半ば傷心旅行。少しぐらいの贅沢《ぜいたく》は許されるだろう。

——今回ぐらいは、少しぐらいは、の積み重ねがよくないんだよねえ……。でも、わかっちゃいるけどやめられない、っていうのが旅なのよ！

結婚への道のりはどうやら遠のいたらしい。遠のいただけで閉ざされたわけじゃない、と思うあたりがいい根性だ、と自分を褒めつつ車を走らせる。

ナビは健気《けなげ》に仕事をし、車は予定到着時刻の午後一時五分ちょうどに秋吉台カルスト展望台近くの駐車場に到着した。

「わあーっ、広いー！」

来る前から広いことぐらいはわかっていた。

第四話

なにせ秋吉台は山口県屈指の観光地で、春や秋の観光シーズンになると『秋吉台・秋芳洞の旅』なんて銘打たれた企画旅行の広告が新聞紙面を飾る。日和が気に入っている動画配信者も複数訪れているし、テレビの旅番組でも頻繁に取り上げられる。それらを見るたびに、一度はこの目で見たいと思っていたが、本当にここまで広大とは思わなかったのだ。

惜しむらくは十月半ば過ぎ、冬が近づきつつある時季だったため、草木が茶色くなり始めていたことだ。日和としては、カレンダーやポスターに使われている緑の草の間に白い岩が覗《のぞ》くという爽《さわ》やかな風景が見たかったのだが、これはこれで趣がある。

草は枯れても春が来ればまた萌《も》える。私も負けずに冬を越そう、と思いながら、展望台をあとに鍾乳洞《しょうにゅうどう》の入り口に向かう。

実はカルスト展望台に着いてから案内板で知ったのだが、徒歩五分ぐらいのところに秋芳洞の入り口があった。五分ぐらいなら、わざわざ車を移動させなくてもいいかな、と歩いて行くことにしたのだ。

案内の矢印を辿《たど》って細い道を歩く。途中、一度だけ向こうから歩いてくるふたり連れとすれ違ったけれど、それ以外の人に会うことはなく入り口に辿り着いた。

ただ、テレビ番組や動画でよく見ていた屋根付きの渡り廊下のような通路がない。もちろん入場待ちの行列もない。あったのは、正面に『秋芳洞エレベーター口』と書かれた高速道路のサービスエリアにありそうな建物。どうやら秋芳洞の入り口は何カ所かあり、このエレベーター口もそのひとつで、このエレベーターに乗れば、鍾乳洞の真ん中あたりに降りていくことができるらしい。

瓦そばとフグ

山口

旅に出るときに『予習』するかどうかは悩みどころだが、動画やテレビで見た以上の知識はない。今回はファーストインパクトを重視したい気持ちが強く、あえて調べなかったために、入り口が複数あることも、エレベーターで降りられることも知らなかったのだ。

あの渡り廊下を歩きたかったとは思うが、すでに入り口の真ん前にいるのにほかの入り口に行く理由はない。おとなしく料金を払ってエレベーターに乗る。

どうせ一分ぐらいしか乗らないだろうにけっこう高いな……と文句を言いたくなったが、これはエレベーターの料金ではなく秋芳洞の入洞料だとすぐに気付く。この料金が秋芳洞の保全に使われているなら妥当、むしろ安いぐらいだ。

どこの観光地でも保全にかかる費用は頭の痛い問題なんだろうな、と思いながらエレベーターから降りる。そして、いざ鍾乳洞観光、と歩き始めた日和は、少し先にあった案内板の前で立ち止まった。あまりの暗さに、それ以上進めなくなってしまったのだ。

——ちょっと待って……なんでこんなに暗いの？　動画とかで見たのはもっと明るかった。いくら鍾乳洞でも、ここは観光地でしょう？　足下がろくに見えないなんてことある？　おまけに人もあんまりいない……

奈落《ならく》に呑《の》み込まれそうとはこのことだろうか。下手に端っこで人気《ひとけ》のないエレベーターから降りたのが心底悔やまれる。もしかしたらほかの人たちは、このエレベーターから降りたときの暗さがわかっていて使わないのではないかと疑うほどだった。

それでも、ずっと見たいと思っていた秋芳洞だし、入洞料を払ってまで降りてきたのだから見ないわけにはいかない。明るい外から入ってきたばかりで目が慣れていないだけで、少ししたら歩けるはずだ。

ところが、そんな日和の思いと裏腹に、いつまで経っても目は慣れてくれず、暗闇への恐怖が少しずつ増していく。

日和は、閉所恐怖症と暗所恐怖症を併発している自覚がある。どちらもものすごく重度ではないが、観光地に鍾乳洞があっても入らないことのほうが多い。ただ、日本屈指の鍾乳洞と言われる秋芳洞が狭いとは思えないし、あれだけたくさんの人が訪れるのだからしっかりライトアップされていると思っていた。現に、テレビや動画で映し出される秋芳洞は、かなり明るく、これなら大丈夫と考えて入洞したのである。

現実には広かったとしても、見えなければ狭いのと同じだ。狭くて暗くてほとんど人がいない。それでもなんとか進もう。観光道に出れば、ライトの数も増えるに違いない。そう信じて、下っていく。

けれど、観光道に至っても暗さはほとんど変わらない。『千畳敷《せんじょうじき》』や『黄金柱《こがねばしら》』といった見所自体はライトアップされているが、足下の暗さは一向に改善されない。絶望的な気分で『千畳敷』の前に立った日和は、しばらくぼんやり眺めたあと、エレベーターホールへの道を引き返した。暗闇への恐怖に耐えられなくなったのだ。

入洞料が惜しくないといったら嘘だ。けれど、これ以上は耐えられない。純粋な暗さへの恐怖に、足下がしっかり見えないために転んで怪我をする恐怖が加わる。もしも、運転に支障が出るほどの怪我をしてしまったら身動きできなくなる。それぐらいなら、入洞料の払い損になるほうがずっといい。それほど、日和は暗闇に怯《おび》えていた。

十分後、日和はようやく地上に戻ることができた。

エレベーターに至る道は依然として暗く、牛歩戦術かと思うようなスピードでしか進めなかった。さすがに危ないと思われているのか、階段があるところだけはやけに明るくてほっとする。それでもなお、ゆっくりゆっくり進み、這々《ほうほう》の体《てい》でエレベーターに乗り込んだ。

エレベーターから降りた先の明るさはまばゆいほどで、拍手喝采《かっさい》、「ありがとう、太陽！」と叫びたい気分だった。

日本三大鍾乳洞のひとつ、最大規模にして特別天然記念物にもなっている秋芳洞をほとんど見ることができなかった。ここならなんとか入れるはず、と思って来ただけにショックが大きい。この規模の鍾乳洞に入れないなら、おそらくほかはもっと無理だ。四年も抱えてきた恋ばかりか、鍾乳洞すら進むに進めない。

日和は情けなさでいっぱいになりながら、カルスト展望台への道をとぼとぼと歩く。来たときは下り坂だったので足取りも軽快だったが、来たときに下ったのなら帰りは当然上りになる。足どころか身体全体、気持ちまでもが鉛のように重かった。

それでもなんとか歩き切り、車の運転席に座った。ドリンクホルダーに突っ込んであったペットボトルの水はすでに生ぬるくなっている。一口、二口飲んで、またため息を吐く。

秋芳洞の平均的な観光所要時間は一時間、しっかり見れば二時間近くかかるとされている。その

第四話

秋芳洞を三十分もかからずにあとにすることになってしまった。

今夜は萩に泊まる予定だが、午後四時にならないとチェックインできない。現在時刻は午後二時、移動に四十五分ぐらいかかるとしても一時間以上余ってしまう。

どこかに寄っていける場所はないか、とスマホで検索してみた結果、近くに美しいと評判の池があることがわかった。

池の名前は『別府弁天池《べっぷべんてんいけ》』、早速ナビに入力してみると所要時間は十七分と出てきた。別府厳島《いつくしま》神社にある池らしいから、お参りがてら池を見てから萩に向かえば、チェックインにちょうどいい時刻になるだろう。


――なんて神秘的……

『別府弁天池』は神社の境内にあるだけあって、そう大きくはなかった。

インターネットで得た情報によると、『別府弁天池』はカルスト台地に含まれる『ドリーネ』の池からの湧水《ゆうすい》で、日本名水百選にも選ばれているそうだ。そのまま飲むことができるだけではなく、美肌効果もあるそうだが、なにより素晴らしいのはその透明度だ。

池の中ほど、一番水深がありそうなあたりは澄んだエメラルドグリーンを呈している。どこかで見たことがあると記憶を辿ってみると、家にあるお皿だった。

確か母が京都で買ってきた清水焼《きよみず》のお皿で、縁近くは色が薄くて真ん中に行くほど濃い緑色になっている。トルコ由来の青い釉薬《ゆうやく》が使われていると聞いたが、その光沢のあるグラデーション具合が目の前の池にそっくりだった。

あのお皿を焼いた人も、この池を見たことがあるのだろうか。この美しさに感動して、池そっくりのお皿を作ろうと思ったのだろうか——そんなことを考えかけて、日和はひとり首を横に振る。

職人がこの池に辿り着き、あまりの美しさに池の姿をお皿に写した、という想像はなかなか楽しい。けれど、あのグラデーションは清水焼の特徴のひとつだし、清水焼の歴史は江戸時代まで遡《さかのぼ》れると母が言っていた。その時代の京都の職人が山口、しかもこの池を訪れる可能性はかなり低い。おそらく、清水焼と『別府弁天池』はまったくの無関係だろう。

ただ、『別府弁天池』の美しい緑から発した他愛もない想像は、暗闇への恐怖と情けない気持ちを消してくれた。

——これこそが旅の醍醐味《だいごみ》よ。どんなに嫌なこと、うんざりすることがあっても、長々と落ち込んでいられない。驚きや感動は次々とやってくるんだから、俯《うつむ》いてたら見逃しちゃう！

『頭を上げて進め！』

自分にそんな活を入れ、日和は池をもう一回りする。

木漏れ日が当たる角度や立っている位置によって緑色の深みが変わっていく。この色合いは今ここに立っている自分だけのものだと思うと、なんだかわくわくする。

思わぬところで美しい池に出会えた。これも秋芳洞に惨敗したおかげだ。これ以上の結果オーライはない。一番『バエる』場所を探して何枚も写真を撮ったあと、車に戻る。

スマホの写真フォルダーは旅の思い出でいっぱいになっている。自分だけではなく、蓮斗が送ってくれた写真のフォルダーもある。

そういえば、蓮斗はこの池のことを知っているだろうか。来たことはあるのだろうか。いずれにしても、今この瞬間の感動を伝えたい。写真だけでも見てほしい。その気持ちは今までと少しも変わっていない。

だが、麗佳に蓮斗の転勤の話を聞いてから一ヶ月になるのに、本人はこの話に触れない。たまにご機嫌伺い的なメッセージが来ることはあっても、転勤の『て』の字も出ない。その事実は、蓮斗が、日和は転勤を知らせる必要がない相手だと判断している証《あかし》だと思うと辛い。

蓮斗本人が緩やかなフェイドアウトを望んでいるなら、それはそれで仕方がない。無理強いだけはしないでおこう。

――大丈夫、受け入れられなくても想うことはできる。本当に好きになれる人なんてそう簡単に現れないんだから、このまま好きでいればいい……

この想いを消してくれる誰かに会うまでは、今のままでいいのだと、自分に言い聞かせる。

むしろ彼がなにも言わないのを逆手にとって、今までどおりに連絡する。日常的なメッセージはうるさがられそうだが、旅の写真はどうだろう。旅が好きな人だから、ギリギリ許されるかもしれない。

――本人から聞いていないことは知らないこと。それで貫くという手はあるよね！

どこにそんな根性があったんだ、と自分でもおかしく思いながら、澄んだ緑のグラデーション写真だけを送る。あえて、居場所を知らせないあたり『お主も悪よのう』という感じだった。

第四話

瓦そばとフグ

山口

写真を送ってから一分も経たないうちに、スマホがポーンと着信音を告げた。

もともと返信が早い人だが、旅の写真を送ったときはことさら早い。仕事中のはずだが、たまたま移動途中にでもあたったのだろう。さすが……と思いながらメッセージ画面を開けた。

『すごくきれい池だね。これはどこ？』

『山口です。これは「別府厳島神社」という神社の境内にある池』

さすがの『旅の達人』もこの池までは知らなかったか、と少し嬉しくなりつつ返信する。

『旅行するとは聞いたけど、行き先までは聞いていなかったね。そうか、山口か……』

『はい』

『マジか。じゃあ秋芳洞も行くの？』

『もう行ってきました。とはいっても……ろくに見られませんでしたけど』

『人が多すぎて？』

『暗すぎて』

『そんなに暗かったかな……』

『私、暗所恐怖症気味なんです。それで「千畳敷」と「黄金柱」を見るのが精一杯で引き返してきちゃいました』

『なるほど、それでこの池を見に行った、と』

『正解。でも、むしろよかったと思います』

『だね。いかにも君が好きそうな池だ』

第四話

『ですよね』

『二泊三日だよね。で、宿はどこに？』

『今日は萩で、明日《あした》は下関です』

『下関にも行くの？』

『はい。唐戸《からと》市場近くのホテルを予約しちゃいました』

『明日は市場で寿司《すし》三昧《ざんまい》かな？』

『そのつもりです』

『そっか。じゃあ、楽しんで！』

『ありがとうございます』

それを最後にメッセージは途絶えた。

あまりにもいつもどおりで、もしかしたら転勤なんて嘘ではないかと疑うほどだ。けれど、麗佳がわざわざランチに誘ってまで日和に嘘を吐く理由はない。転勤は本当だし、蓮斗がそれを日和に告げる気がないのも本当で、状況はなにひとつ変わっていない。

スマホの画面に表示されている時刻は二時四十五分。少し早いが、そろそろ萩に向かうことにする。とにかく蓮斗とやり取りできてよかった。ほんの数分でも、こんなに元気がもらえる。そう簡単に気持ちは変えられない、と再確認し、日和は萩への道を走り始めた。

『別府弁天池』から走ることおよそ四十分で、日和は本日の宿に到着した。

山口

チェックインタイムにはまだ三十分以上ある。もしかしたら早めに入れてもらえるかもしれないとフロントに行ってみたが、午後四時にならないと部屋の鍵《かぎ》はもらえないらしい。まあ当然よね、と隣にあったコインロッカーに荷物を入れて外に出た。ロビーか車の中で待っていてもいいのだが、せっかくなので『松陰《しょういん》神社』に行ってみることにした。

歩くと十五分かかるが、車なら四分で行ける。幸い『松陰神社』には無料駐車場があるようだし、やはり神社にはなるべく早い時刻にお参りしたいという気持ちから、車で行くことにした。

そういえばこのホテルの駐車場も、無料な上に出入り自由だ。輪島で泊まったホテルも、チェックアウト後も昼までなら停めたままでいいと言ってくれた。やはり土地にゆとりがあるところは寛容でいいよね、と思いながら車を出す。

ナビの表示どおり、四分で到着。まだ午後三時台なので十分明るいし、ほかにもたくさん参詣者《さんけいしゃ》がいる。これなら安心、と車を停め、境内に入っていった。

——吉田《よしだ》松陰ってものすごく賢い人だったよね？　松下村塾《しょうかそん》を作ったんだっけ？　あ、作ったのは叔父さんだったかも。今と違って昔はちゃんとした学校とかなかったし、勉強は好きな人だけがやるって感じだったのかな？　それはそれでいいのかもしれない。少なくとも勉強なんてしたくないのに無理やり学校に行かされるよりずっと……って、私も無理やりじゃなかったら勉強なんてしなかったかも。大学の勉強は楽しかったけど、中学とか高校とか嫌だったもんねえ……

人との付き合いもうまくできなかったし、授業で発表を強いられるのも辛かった。いやいやでも中学に通ったのは義務教育だったから、高校もほとんどの人が行くからという理由で進んだ。無理やりに近い中学と高校生活がなければ、大学に進学することもなかったはずだ。そこまで考えると、無理やり勉強させることにも意味がある。

好きなことだけをやって生きていくのは難しい。少なくとも自分はそこまで選ばれた人間ではない。ただ、旅という趣味を見つけた今、嫌なことの耐えられなさはかなり減った。これを終えればまた旅に出られるという思いが、日常の大変さを救ってくれている。むしろ、好きなことに取り組む時間をより輝かせてくれているに違いない。

末代まで名を残し、神社まで作られて神格化された吉田松陰はさておき、名もない幕末藩士の中にも、どんなに辛い日々でも楽しみがひとつでもあれば生きていける、と頑張っていた人もいたのだろうな、と考えながら、境内を一回りする。

神社そのものよりも、松陰が弟子を集めて教えていた部屋のほうに興味を引かれるという珍しいお参りだったが、久しぶりに引いてみたおみくじは大吉。

想い人の遠方への転勤が間近に迫っているが、もしかしたらなんとか縁が続くのかもしれない。そんな嬉しい予感がした。

第四話

午後四時三十五分、日和はフロントで鍵を受け取り、コインロッカーから出した荷物を持って部屋に入る。

荷物を預けるのにフロントの人を煩わせなくていいし、自由に出し入れできる。今回日和は一時間と少ししか利用しなかったが、午前中に着いてチェックインタイムまで観光したいと考えた場合、ホテルのロビーにコインロッカーがあるのは初めてだが、このシステムは案外便利だ。

気楽に買ったものを入れたり、気候に合わせて上着を出し入れできるのはありがたいに違いない。

実はこのホテル、東萩駅の真ん前で大浴場と朝食もついているのに格安価格、コインロッカーまで無料だった。そのため、もしかしたら部屋がちょっと残念なのでは？　と不安だったが、入ってみたらごく普通、むしろ低めのベッドが快適とすら思えた。難を言えば、近くにコンビニがないことだが、買い物は松陰神社の帰りに済ませてきたから問題ない。ゆっくりくつろぐことができるだろう。

ベッドにダイブしたい気持ちを抑え、まずはお風呂《ふろ》に入りにいく。

『飛行機の旅あるある』で、今朝も早起きだった。飛行機は午前十時十五分発にもかかわらず、午前八時半には空港に着いていた。父に、旅行客が急増しているから保安検査に時間がかかるぞ、と脅されたせいだ。頑張って起きて準備をしたのに、着いてみたらまったく混雑しておらず、一時間以上搭乗ゲート前で座っていることになったけれど、間に合わないよりずっといい。問題は、それ以来日和がろくに食べていないことだった。

本当は、秋吉台を見たあと秋芳洞に入る前に食事をするつもりでいた。山口宇部空港には正午前に着く予定だったし、そこから五十分弱で秋吉台に着ける。『来た、見た、帰る』式の観光が常となっている日和が、長々と展望台で過ごすわけもない。それなら秋芳洞の入り口近くの商店街でなにか食べればいいと考えていたのだ。

だが、実際に日和が使ったのはエレベーター口で商店街なんて影も形もなかった。それでも、案内には当日であれば再入場ができる旨の記載があったから、一番紹介されることが多い入り口から

第四話

いったん出て、商店街で食事をしてからまた戻ってくればいいと思った。むしろ、食事時を過ぎて空いているかもしれないと……

それなのに日和は、商店街に行くどころか、エレベーターロからほんの少ししか進めず引き返すことになった。当然なにも食べられず、『別府弁天池』では美しさに見惚《みほ》れ、蓮斗とやり取りできた喜びも加わって、空腹なんて忘れ去った。

萩に向けて出発したあと、なにも食べていないことを思い出したけれど、とりあえず行ってしまえとそのまま走り続けた。なんとかホテルに着いたものの、午後三時半という中途半端な時刻に食事をする気にもなれず、そのまま松陰神社参拝。まれに見る空腹を抱えて、幕末の世に想いを馳《は》せた。

——なにもご飯を食べなくても、お茶でも飲めばよかったんじゃない？　まったく融通が利かないんだから！　って、そんなお店、なかったか……

ホテルの周りに気楽に入れそうなカフェは見あたらなかった。松陰神社の境内に何軒かお茶屋さんのような店があったけれど、着いたときには混み合っていたし、お参りを終えたころには閉店準備にかかっていた。

つくづく食べることに縁がない日だ、と諦《あきら》め気分でコンビニに入った。ホテルで飲むための水を買うつもりだったけれど、気付けばサンドイッチやおにぎり、サラダにホットスナックまで買っていた。ちょうど商品が補充されたばかりで、あらゆる棚が食べ物で埋まっていたのが災いしたとしか思えなかった。

山口

――結局、コンビニ飯か。でもいいや、今日はもうとことん食にこだわらない日を貫いてやる！
半ばやけになっているように聞こえるかもしれないが、この『今日は』というところに裏がある。なぜなら、明日、明後日《あさって》は間違いなく『グルメ三昧』とわかっているからだ。

昨今、市場でご飯を食べる――いわゆる『市場飯』がブームになっているらしいが、下関にある『唐戸市場』は『市場飯』の宝庫で、蓮斗も触れたように寿司には定評があるらしい。

新鮮な魚を使った寿司がずらりと並び、好きなものを一貫から買える。お腹の減り具合や懐具合を考えて選んだ寿司を、屋外のベンチで食べる。天気がよければ最高の体験に違いない。

しかも今回はそればかりではない。日和が選んだのはフグのコース料理がついた宿泊プランだ。価格も外でフグを食べるよりもずっとお値打ちだし、なにより、いくら日和がひとり旅に慣れたといっても、ひとりでフグ料理屋に入る勇気はない。

フグは、『下関といえばフグ』といわれるほど有名な産物で、南風泊《はえどまり》市場のフグの袋競りの様子はニュースで何度も見た。せっかく下関に行くのだから、なんとかフグを味わえないものか、と考えた結果、見つけたのがこのフグコース付きの宿泊プランだった。

とにかくフグが食べてみたくて選んだホテルの上に、もともと車なので立地は気にしなかったが、唐戸市場のすぐそばだったのは幸運だった。これなら夕食はフグコース、翌日は唐戸市場の市場飯を楽しめる。一日目の夕食がコンビニ飯でもまったく気にならない。むしろ、その分明日、明後日への期待が高まるというものだった。

もともとコンビニ飯は嫌いじゃない。近頃、美味《おい》しいおにぎり屋さんが評判だけど、パリパリの

第四話

海苔《のり》をこよなく愛する日和にとって、行列が出来るおにぎり屋さん同様、もしかしたらそれ以上にコンビニのおにぎりは魅力的だった。

一日の疲れを大浴場で癒《いや》し、低いベッドに腰掛けて缶酎ハイを開ける。空腹過ぎてどれほど回るかわからないから、と選んだアルコール三パーセントの酎ハイはほんのりモモの味がする。昔はこの酎ハイでもかなり酔っ払っていた。けれどこの空腹をもってしても、三パーセントで酔うことはないようだ。

旅先で日本酒を呑む機会が増えたせいか、酎ハイやビールでは簡単に酔わなくなった。酒に強い女性をどう捉《とら》えるかは難しいところだが、外で酔い潰《つぶ》れる危険が減ったと考えれば、悪いことではないだろう。

缶酎ハイで喉《のど》の渇きを潤したあと、『かつてホットだったスナック』を食べる。鶏腿肉《とりももにく》を使ったスナックは、すっかり冷め切っているにもかかわらずジューシーで食欲をそそる。たっぷりの肉汁を啜《すす》るように食べたあと、おにぎりのフィルムを剝《は》がす。

そういえば母が、昔はコンビニのおにぎりは、今のように真ん中に入ったテープを引っ張って開けるタイプと、海苔とごはんの間に挟まったフィルムを引っ張り出すタイプがあったのに、今はテープ式ばかりになったと言っていた。母は、フィルムタイプはフィルムが抜けたときの爽快感《そうかいかん》が好きだったのにと嘆くが、やはり海苔と同じぐらいの大きさのフィルムと細いテープではかかる費用が違うのだろう。

ひとり旅をするといつもよりずっと誰かのことを思い出す。大半は想い人だが、合間を縫うように家族が登場する。楽しい思い出ばかり浮かんでくるのは、家族に大切にされていたからこそだ。離れてこそわかる家族のありがたさに感謝しかない。

結局、ひとり旅というのは自分の中にある思いと向き合うための時間だと確認し、おにぎりを食べ終えた。

瓦そばとフグ
山口

午前九時、ホテルをチェックアウトした日和は、車で三分ほどのところにあるお菓子屋さんに向かった。お目当ては萩の名産物である夏みかんを使ったお菓子で、萩に行くなら買ってきてほしいと麗佳に頼まれていたものだ。

なんでも、お土産にもらって食べたところやみつきになったものの、それ以後一度もお目にかかれていない。高速道路のサービスエリアでも売られているが、たまにしか入荷しないこともあって、すぐに売り切れてしまうそうだ。近くを通ることがあったらでいいから、と頼まれていたが、調べてみたらホテルの目と鼻の先だったので、朝一番で買いにいくことにしたのだ。

ちょっと細い路地を入る必要があって苦労したけれど、麗佳が欲しがっていたお菓子はちゃんと手に入れることができた。

お菓子の名前だけ告げられても、どれぐらい買えばいいのかわからなくて困ることが多いが、麗佳は『家庭用の袋入りをひとつ』と細かく指定してくれた。かなり甘い上に、それほど日持ちがしないお菓子らしく、たくさんあっても食べきれないとのことだ。

麗佳はそんなに甘党ではないのに、と首を傾げたが、ウイスキーのおつまみにもってこいだと言う。実際に店頭で見たお菓子は、砂糖がたくさんまぶされていて見るからに甘そうだが、中身が夏みかんなので甘みと酸味のバランスが絶妙らしい。確かにウイスキーに合いそうだ、ともう二袋追加する。ひとつは家族、もうひとつは蓮斗の分だ。

彼がいつ九州に引っ越すかはわからないが、その前になんとか渡したい。旅に出ていることは知っているのだから、いつもどおり『お土産を渡したい』と言えば会ってくれるかもしれないし、無理そうなら麗佳経由で浩介に頼んでもいい。とにかく、少しでも彼の中に自分という存在を残したかった。

大急ぎで買い物を済ませて店を出る。

開店と同時にお菓子屋さんに駆け込んだのは、あとの予定が詰まっているからだ。

今日は午前中に萩を観光し、夕方には下関のホテルに入る。フグコースが待っているのだから遅れるわけにはいかないが、萩の町もしっかり見たい……となると朝一番で活動を開始するしかない。昨日のうちに松陰神社にお参りできてよかった。これも暗すぎる秋芳洞のおかげ、とまたしても惨敗した思い出を上方修正し、萩城跡を目指す。とはいっても、城跡を見に行くわけではない。日和が向かうのは、萩城跡の入り口近くにある船着き場――『萩八景遊覧船』乗り場だった。

また船に乗るのか、と父には笑われたけれど、初めて泊まりでひとり旅に出た佐原《さわら》で遊覧船に乗って以来、日和はすっかり『遊覧船』に嵌《は》まっている。

陸から川や池、湖、海を眺めるのは大好きだが、船の上から見る景色も捨てがたい。自分が水と一体化した気がする。だが、何時間も船に乗るのはちょっと避けたい。なぜなら、日和の兄が北海道に行こうとした際、ひどい船酔いに悩まされたからだ。

兄は学生時代、バイクツーリングを趣味としていた。北海道の広大な大地を自分のバイクで走りたいと思ったら、船で行くしかなく、運賃が安いこともあって船便を選択した。ところが、天候不良で海は大荒れ、欠航にこそならなかったが大波に揺られまくることになってしまった。兄はもともと乗り物に強く、車酔いなんてしたことがなかったのに、この大揺れには太刀打ちできず、食事も取れないまま命からがら北海道に上陸することになってしまった。

今でも兄は『あれは人生最悪の経験だった』と言うし、そのせいで、家族まで船旅を毛嫌いするようになっていた。けれど日和は佐原で遊覧船に乗ったことで、大海に出るわけではない遊覧船なら酔うことはないとわかった。おかげで松江《まつえ》城の『堀川《ほりかわ》めぐり』や村上の『笹川流れ』も楽しめたし、萩に遊覧船があると知ったときは、大喜びで乗る前提のスケジュールを立てたのだ。

――遊覧船なら平気。一時間以上乗るようなコースはほぼないし、この間の『笹川流れ』のように、ちょっとでも荒れそうなら欠航になるもの。そもそも、私ってかなり船に強い体質かも。だとしたら、フェリーでの移動も可能なんじゃ……

日本は海に囲まれた国なので、島がたくさんある。だが、観光地として有名になっていても船でしか行けない島が少なくない。これまでは酔うのが恐くて船便を選んだことはないが、比較的大きなフェリーなら大丈夫かもしれない。

旅の選択肢が広がりそうという嬉しい予感を覚えつつ、駐車場に車を停める。お菓子屋さんから『萩八景遊覧船』乗り場まで車で五分、町自体があまり大きくなく、行きたい場所が固まっているのがありがたかった。

受付で料金を払って川縁《かわべり》にある乗り場に行くと、すぐにライフジャケットを渡された。『笹川流れ遊覧船』は比較的大きくて船室のあるタイプだったが、『萩八景遊覧船』は佐原や松江同様に屋根はあっても壁がない。うっかり水に落ちる心配もあるので、ライフジャケットは必須《ひっす》なのだろう。まだ九時を少し過ぎたばかりのせいか、日和のほかに客らしき姿はない。

インターネットやガイドブックを探してみても、時刻表は見当たらなかった。どうやら『笹川流れ』のような決まった出航時刻はなく、ある程度お客さんが集まったら出かけていくのだろうな、と思いながら待つ。

ところが、五分、十分と時が過ぎても誰もやってこない。このまま永遠に待つことになるのだろうか、と焦り始めたとき、船頭さんが声をかけてくれた。

「じゃ、行きましょうか」

「あ、はい……」

言われるままに船に乗り込んだが、乗ったのは日和ひとりだけ。待っていたのがひとりなら乗るのもひとりに決まってるよね、と思ったところで、はっとした。

——もしかして貸し切り状態？　ちょっとラッキーかも……

ここで『ラッキー』と思えたことが嬉しい。

ひとり旅を始める前の自分だったら、小さな船に船頭さんとふたりきりなんてとんでもない、気まずくてやりきれない、と尻込《しりご》みしたはずだ。ところが今の日和は、『貸し切り』を喜べる。密室に近い状態になるタクシーは依然として苦手にしても、開放的な遊覧船なら大丈夫。それに遊覧船には、風景やその土地の歴史についての説明がつきものだが、わからないことがあったらすぐに訊《たず》ねられるなんて素晴らしすぎる。遊覧船の船頭さんは話がうまいし、歌まで披露してくれることもある。すべてひとり占めだ、と思ったら、にやにや笑いが止まらなくなってしまった。

駆け込みの客がいるかもしれないと思ったが、そのまま船は乗客ひとりの状態で岸を離れた。川を渡る風に頬を撫《な》でられ、日和はさらに上機嫌になった。

「ようこそお越しくださいました」

船頭さんの挨拶《あいさつ》で、『萩八景遊覧船』の説明が始まる。

『萩八景』は、長州《ちょうしゅう》藩三代目藩主毛利《もうり》吉就《よしなり》が貞享《じょうきょう》二年にお抱え絵師や歌人、学者に命じて選ばせた佳景で、橋本川《はしもとがわ》と松本川《まつもとがわ》に挟まれた三角州の風景が多く、絵や歌、詩も作られたという。

遊覧船は、萩城跡横の指月《しづき》橋から出て、常盤島《ときわじま》経由で橋本川本流に入る。堀内《ほりうち》伝建地区（伝統的建造物群保存地区）内・平安古《ひやこ》伝建地区内の武家屋敷群を川から眺め、天気の良い日には海まで出て、指月山の銃眼土塀や萩城跡潮入門《しおいりもん》跡・白砂青松の菊ヶ《きくが》浜《はま》まで見せてくれるらしい。トータル四十分のコースだし、天気は上々。おそらく海に出られるだろうし、船酔いの心配もなさそうだった。

川の両側に建っている屋敷や、動植物についての説明を交えながら船は進む。橋の下を通るときに屋根が下がって身を伏せねばならないのにも半ば慣れっこ。松江でも練習させられたな、と懐かしく思い出す。圧巻だったのは川から海に出たときの風景だ。遠くにドラマの舞台となったという

第四話

島を望みつつ波に揺られる。小さな船だから、もっと大きく揺れるかと思っていたが、それほどでもない。やはり今日の海はかなり静かで、だからこそ海に出ることができたのだろう。

最後に船頭さんの歌を聴かせてもらい、船着き場に戻る。時刻はまだ十一時にもなっていない。船から見た武家屋敷を見に行く時間はありそうだ。

せっかく来たのだから自分の足で町を歩いてみたい、と車を博物館近くの駐車場に停め、散策を始める。白塗り壁の武家屋敷、商家などが続く町は、道幅が狭くて車で通るのは難しいところも多い。だが、それが逆に歩行者天国のようで安心感を覚える。

吉田松陰をはじめ、伊藤博文《いとうひろぶみ》や高杉晋作《たかすぎしんさく》もかつてこの道を歩いたのだろうか。歴史に名を残したぐらいだから、どの人も一生懸命学び、真面目に勤めていたに違いないけれど、年がら年中真面目ではいられない。嫌なことがあってお酒で憂さ晴らしをしたり、仲間同士でふざけ合いながら歩いたこともあったのだろうな、などと幕末藩士の日常に思いを馳せつつ進む。どこかの家から袴《はかま》姿の男がひょっこり現れても違和感はない。そんな昔ながらの町だった。

どの家の庭もかなり広く、あっちにもこっちにも夏みかんの木が植えられている。やはり萩は『夏みかんの町』らしい。緑の葉の間に黄色の夏みかんが覗き、採った夏みかんを無造作に玄関先に置いている家もある。夏みかんは春から夏にかけて収穫するそうだから、今年の春にでも採って食べきれなかった分だろう。これからどこかに持っていくのかもしれない。盗まれるなんて思ってもいないのだろう。

——まあ、これだけあちこちに夏みかんの木があったら、わざわざ人の家のものを盗む必要なんてないか……

壁の白、家々の茶色、葉の緑に夏みかんの黄色……一番印象的だったのはやはり黄色だ。夏みかんだけではなく、『萩八景遊覧船』から見た中州や岸辺のあちこちに黄色い花が咲いていて、よく目立つ花だな、と思っていたら、船頭さんがツワブキだと教えてくれた。

ツワブキと夏みかんのおかげで、日和の中で、萩のイメージカラーが黄色になった。

これだけ目を引かれれば、注意信号に使われているのも納得できる。古くから続く静かな暮らしの中に、これだけたくさんの注意信号がちりばめられている。いったいこの町にどんな危険が潜んでいるというのだろう、などと考えかけて吹きだしそうになる。

そんなわけはない。この夏みかんは、江戸時代が終わって禄《ろく》をなくした武士の生活の糧として栽培が始まったそうだ。当時は、大きな夏みかん三個で米一升と同じ価値だったとインターネット記事で読んだ。寒い地方では採れないだけに、希少価値があったのだろう。暖かい萩で夏みかんを集団栽培することを思いついた小幡高政《おばたたかまさ》は、もしかしたら吉田松陰や高杉晋作よりも萩を救った人物なのかもしれない。

幕末藩士がひとりも残っていない今、やっぱり『萩は夏みかんの町』だ、と確認したのを最後に、日和の萩の町歩きは終わった。

午前十一時四十分、日和は下関に向けて出発した。

萩から下関まではおよそ一時間半なのに、正午にもならないうちに出発したのは、ゆっくり

第四話

ドライブしたかったのと、途中にある『道の駅 萩往還』に寄りたかったからだ。この道の駅にはお手頃価格で見蘭牛《けんらんぎゅう》を楽しめる店があるそうだ。ナビによるとここから『道の駅 萩往還』までは車で十二分、お昼ご飯にちょうどいいと考えたのだ。

ところが、期待たっぷりに道の駅に到着してみると、目当ての店には長い行列ができていた。評判が高い店らしいので、観光客ばかりでなく地元の人もたくさん来ているに違いない。

見蘭牛には心引かれるが、ここで長々と待つのはちょっといやだ。かといって下関まで行ってからでは午後二時近くになってしまう。今日のホテルは夕食付きだから、昼ご飯があまり遅くなるのは困る。やはり、この道の駅で何か食べたほうがいいだろう。

――夕食付きの宿って、考えなくても美味しいご飯が食べられて最高なんだけど、お昼ご飯との時間の兼ね合いだけは悩みだよね。特に車で走ってると、ついついお昼が遅くなりがちだし……

軽くため息を吐き、ほかの食事処を探す。そして、少し駐車場に近い店の品書きを見た日和は心の中で大歓声を上げた。

――瓦《かわら》そばがある！ そうよ、山口って言えば瓦そばじゃない！

瓦そばは、熱々の瓦の上で茶そばを焼き、トッピングされた牛肉、錦糸《きんし》卵、薄切りのレモンなどと一緒に麺《めん》つゆで食べる郷土料理だ。麺つゆに紅葉おろしを入れれば、ちょっと刺激的で大人の味わいになる。

山口を紹介する旅番組やバラエティー、漫画などで取り上げられることも多く、どんな味だろうと気になっていたのだが、どうやら母も同様だったらしく、家で作ってくれたことがあった。もち

瓦そばとフグ

山口

ろん瓦なんてなかったし、ホットプレートでの調理だったが、それでも十分美味しくて、本場で食べたらもっともっと美味しいだろうと思っていたのだ。

見蘭牛狙いで寄った道の駅で、瓦そばに出会えるとは思わなかったが、山口で山口のソウルフードを売っているのは当然だ。特に瓦そばは『B級グルメ』に分類されているようなので、ドライブの途中で食べるのに打ってつけに違いない。

ただ、旅行計画を立てていた際に調べたところによると、瓦そばには『注文はふたり以上で』と但し書きがついていることが多く、おひとり様の日和は半ば諦めていた。もしかしたら、この店も同じなのでは……と心配しながら行ってみると、嬉しいことに『ひとり用』も用意されていた。

『災い転じて福と為《な》す』とはこのことだ、と喜び勇んで食券を買う。たかがそばだろう、とは言えない価格に『おっと』となったのはご愛敬《あいきょう》。トッピングが牛肉なんだから値が張るのは当然、とお札を入れた。

食券と引き換えにカウンター席に案内された。瓦そばの食べ方が書かれたパンフレットを読みながら待っていると、十分ぐらいで瓦そばが運ばれてきた。

思ったより遥《はる》かに大きな瓦で、見るからに熱そうだ。瓦が載せられている木の板はあちこち黒ずんでいる。汚れではなく、瓦の熱で焦げているのだ。本当に注意しないとひどい火傷《やけど》をしかねない。

だからこそ美味しいのよね、と頷《うなず》きながら、てっぺんのレモンに載せられた紅葉おろしを掬《すく》って麺つゆに溶かす。さらに、瓦に触れないよう注意しつつ、そばを一箸……

食べたとたん、声にならない声が漏れた。

第四話

——なにこれ、お母さんが作ってくれた瓦そばと全然違う！

そもそも麺の太さから違う。母は一生懸命調べて作ってくれたが、レシピは茶そばの太さまで言及していなかった。たとえ書かれていたとしても、東京で手に入ったかどうかはわからない。なにせ、茶そばすらスーパーを何軒も回って見つけたと言っていた。こんなに細い茶そばは店ですら食べたことがないのだから、東京で普通に売られているとは思えなかった。

麺は瓦に触れた端からパリパリになっていく。揚げ焼きそばや皿うどんが大好きな日和は、箸が止まらなくなってしまった。

——瓦そばって、この食感が持ち味だったのね！　これだけ麺が細ければ、あっという間にパリパリになる。これはホットプレートでなんとかなるレベルじゃない。『百聞は一見にしかず』って言葉があるけど、一見も一箸には勝てないってことよ！

ねじ曲げまくった諺《ことわざ》で謎の得意顔になりながら、どんどん食べていく。

レモンの風味が爽やかで、紅葉おろしがぴりりと辛い。甘辛く味付けされた牛肉は柔らかく、パリパリの茶そばとの対比が面白い。ずいぶん大きな瓦で食べきれるか心配だったけれど、ほぼ瞬殺といえる食事時間だった。

店から出た日和は、隣にあったソフトクリーム売場に行った。瓦そばが絶品だっただけに、より完璧《かんぺき》なランチにするためにデザートが欲しくなったのだ。バニラやほかの味もあったけれど、日和が選んだのは夏みかん風味。夏みかんの町に来たのだから、夏みかんのソフトクリームを食べなくてどうする、という気分だった。

ソフトクリームは少し甘くて爽やかな風味だった。熱くてしっかりした味付けの瓦そばのあとの最高のデザートに、よくぞこの町で夏みかんを作り始めてくれた、と改めて小幡高政の功績を称《たた》えたくなった。

店の前のベンチでソフトクリームを食べながらふと見ると、見蘭牛の店の行列はかなり減っていた。それほど時間が経っていないのにこの状態なら並んでもよかったかな、と思わないでもなかったが、それでは瓦そばは食べられなかった。これまた結果オーライ、デザートまであわせて最高の昼ご飯だったと満足し、日和はソフトクリームを食べ終えた。

そのあと、お土産コーナーを見に行く。朝一番で買った夏みかんのお菓子は、値札こそあるものの商品そのものはひとつもない。頼まれていたものだけに、やはり店まで買いに行ってよかったと胸を撫で下ろした。

満足としか言いようのないランチを終え、日和は車に乗り込んだ。

下関までは高速道路でも一般道でも行ける。時間にはゆとりがあるし、今のところ交通量もそう多くはなさそうだ。夕方のラッシュアワーまでには下関に着けるだろうし、わざわざ高速料金を払うこともない、と判断し、一般道を走ることにした。

三十分ほど走ったところで、ナビの到着時刻がかなり繰り上がっているのに気付いて、はっとする。これだけ繰り上がったのは、かなりスピードを出していたからに違いない。車の流れに乗って走っているとこんなことがよく起こるが、あまり褒められることではない。少しアクセルを緩めて走り続ける。それでも予定時刻より十五分も早く到着してしまった。

第四話

チェックインタイムにはまだなっていなかったが、とりあえず車をホテル前の駐車場に停め、フロントに向かう。

ところが、荷物を預けるだけのつもりだったのに、フロントの係員はさも当たり前のように部屋に案内してくれた。チェックインタイムまでまだ二十分もあるのに、と驚いてしまった。

このホテルの周りには唐戸市場を筆頭に、人気の観光地がたくさんある。荷物を預けて見に行こうと思っていたが、これなら少し休んでから出かけられる。通された部屋はシングルにしてはかなり広く、窓の外には港が見えるし、ベッドもゆったりしていて見るからにふかふかそうだ。キャリーバッグをドアの前に置き去りに、ジャケットだけ脱いで潜り込んだ。

――ああ、これ、絶対駄目なやつだ……うう、気持ちいい……

駄目だとわかっていてなぜやる！　と自分を叱りつけたくなるが、運転で疲れていたし、ベッドは自宅のものよりも遥かに寝心地がいい。ちょっとだけ、なんて思いはあっという間に消え失《う》せ、日和はそのまま深い眠りの世界に引き込まれていった。


『お待たせいたしました。間もなく……』

窓の外から聞こえてくるアナウンスで、日和は、はっと目を覚ました。スマホで確かめると、時刻は午後四時半になるところ、二時間近く眠っていたことになる。あと一時間もすれば日が暮れる。その前に近くを散策しなければ、と勢いよく起き上がった。

仮眠のおかげで運転の疲れも取れて元気いっぱい。唐戸市場はもう閉まっているだろうけれど、

瓦そばとフグ

山口

夕暮れ間近の港風景を楽しむことができるに違いない。

　このホテルには正面玄関のほかにも入り口があり、大回りすることなく港に出られる。ドアから出たらすぐ海、唐戸市場まで歩いて五分もかからない。さらに、市場と反対側に向かえば水族館や遊園地もあるという好立地だ。

　水族館は大好きなのでできれば行きたい。だが、閉館時刻を調べたら午後五時半、最終入場は午後五時となっている。入れないことはないが、さすがに時間が足りなすぎる。あんなに長々と昼寝をしていなければ、と少し残念だったが、今は、水族館よりも海沿いを散歩したい気分なのでよしとする。

　海側のドアを抜けて外に出ると、港から船が出ていくところだった。おそらく下関と北九州《きたきゅうしゅう》市の門司《もじ》港を繋《つな》ぐ関門《かんもん》連絡船だろう。フェリー乗り場の前にある時刻表を見ると、午後四時四十分に出港する便があった。どうやら日和の目を覚ましてくれたのは、あのフェリーの乗船案内だったようだ。

　海はどこでも好きだけれど、港がある風景は格別だ。出て行く船を見ていると、なんとなく切なくなる。たとえ、自分が知っている人が誰ひとり乗っていなくても別れを迫られる気がするのだ。

　——演歌の影響だろうなあ……確か、失恋した人が泣きながら冬の津軽《つがる》海峡を渡る歌があったはず……。でも津軽海峡は青函《せいかん》トンネルができてから船で渡る人は激減したし、なんなら青森駅で降りることなく新幹線でビュー！　おまけに、この連絡船は五分で向こう岸に着いちゃうぐらいだから、私が切なくなる要素なんてゼロなのに……

第四話

港での別れというシチュエーションではなく、別れすなわち失恋そのものに反応している。それは薄々わかっていても認めたくない。目前、あるいはもう起こってしまったのかもしれない『失恋』から目をそらし、日和は水族館方向に歩き出す。水族館は諦めたものの、その向こうに遊園地がある。ホテルの窓から巨大な観覧車が見えた。あの観覧車に乗れば、関門海峡が一望できる。

当然のことながら、ひとり旅はなんでもひとりでやる。ご飯もお酒もアミューズメントもすべておひとり様での参加だ。閉園間際の遊園地でジェットコースターに乗りまくったこともあるし、今朝の『萩八景遊覧船』も貸し切り状態だった。

それでもひとりで観覧車に乗ろうと思ったことはない。なぜなら観覧車、特に夕暮れ間近に眺望の良い観覧車に乗っているのは、七割ぐらいカップルだからだ。いくら日和がおひとり様に慣れているといっても、カップルだらけの観覧車に突入するほど自虐的ではない——と思っていたのだ、これまでは……

だが、今現在、日和はその禁断の観覧車に乗ろうとしている。おそらく、いくら相手の気持ちは関係ない、想い続けることはできると強がっていても、心のどこかで、それは紛れもなく『失恋』だということがわかっている。だからこそ、半ば破れかぶれで観覧車に乗ってやろうと思っているに違いない。暮れなずむ関門海峡を観覧車から見るなんて経験は、そうそうできるものではない。美しい風景が、認めたくないけれどきっとあるに違いない心の傷を癒してくれそうな気がした。

水族館をスルーして『はい!からっと横丁』に向かう。ガイドブックでこの名前を見たときは、てっきりショッピングモールかなにかだと思ったが、これが遊園地の名前だ。昨今は入園料を払えば一日中遊具は乗り放題という遊園地が増えているが、『はい！からっと横丁』に入園料はなく、アトラクション毎に料金を払うことになっている。観覧車にさえ乗れればいい日和にとってとてもありがたい形式だし、散歩のついでにひとつだけ……という子ども連れもいるだろう。近隣のための遊園地という感じでとてもいいな、と思いながら入っていく。

ところが、入った先にいたのは従業員ばかりで、客らしき姿はほとんど見えない。わずかに、コイン投入式のバッテリーカーに乗っている幼稚園児ぐらいの男の子と、それを見ている母親らしき女性がいるだけだった。

遊覧船ばかりか遊園地まで貸し切りか、と呆《あき》れながら自動券売機でチケットを買う。観覧車はゆっくりと回り続けているが、乗り込もうと待っている人はいないし、降りてくる人もいない。遊覧船には船頭さんが乗っていたが、観覧車は地上で操作するから、正真正銘『貸し切り』だった。

——ひとりで遊園地に来る人はけっこういるけど、ひとりしか乗ってない観覧車なんてレアすぎ！レアすぎて誰の共感も得られそうにない。それどころか、信じてさえもらえないかもしれないがこれは紛れもなく現実だ。今、日和は客がたったひとりの観覧車に乗り込もうとしていた。

乗り込み口のところで、チケットを係員に渡す。そのまま乗せてくれるかと思いきや、係員は当たり前みたいな顔で訊ねてきた。

「五分ほど待っていただけると、シースルーゴンドラにお乗りいただけますが、どうされますか？」

「シースルー？」

「はい。床部分も透明になっておりますので三百六十度のパノラマがお楽しみいただけます」

第四話

「えーっと……じゃあ待ちます」

普段ならゴンドラの種類になんてこだわらないし、行列している人の横で待っているのはいやだからさっさと乗ってしまう。それに日和は、閉所ほどではないにしても、高いところだってそれほど得意ではない。足下まで透けて見える必要なんてないのだ。

だが、ここに来て『半ば』だったはずの破れかぶれが『本格的』に発動、気分はもう『行くところまで行ってやれ！』だった。

係員にチケットを渡してから五分、ようやくシースルーゴンドラが近づいてきた。

その間にも日はどんどん傾き、紛《まご》うことなき『暮れなずむ関門海峡』ができあがっている。たった五分でこんなに変わるのか、と感動を覚えつつ待っていると、後ろから慌ただしい足音が聞こえた。

ガラガラの遊園地でここまで急いでいる人も珍しい。もしかしたらシースルーゴンドラ狙いの人だろうか。とはいえ、わざわざ振り返ってジロジロ見るのも失礼かな、と思っていると後ろから声をかけられた。

「それ、一緒に乗っていい？」

「え……そんな……ええっ!?」

いくら数少ないシースルーゴンドラとはいえ、見知らぬ人と同乗なんて論外だ。頼んでくるほうがどうかしている。係員さんが止めてくれることを祈りつつ振り返ってみると、そこにいたのはとんでもない人物だった。

「蓮斗さん!?　なんでここに!?」

「いやー奇遇だねえ！」

「奇遇なわけがないでしょう！　絶対に『あえて』ここに来てますよね！」

「あはは、バレた？　ってか、乗っていいよね？」

目の前のやり取りを聞いて知り合いだと悟ったのか、係員はそのままふたりをシースルーゴンドラに案内する。結果として、日和は三百六十度パノラマを望める観覧車だというのに、向かいに座る人物から目が離せないという事態に陥ってしまった。

「おーっ！　やっぱ、すごいなこれは！」

蓮斗は徐々に上がっていくゴンドラから右を見たり左を見たりと忙しい。さらに、前面に広がる関門橋を指さして言う。

「雲ひとつない日の夕焼けはすごくきれいだけど、あんなふうに雲がピンク色に染まってるのもいい感じだよね。雲に隠れてひっそり沈んでいく夕日って風情がある」

「そう……ですね」

指さされているのに見ないわけにもいかず、振り返って橋と薄桃色の雲のコラボレーションを見る。確かに見逃すには惜しい景色だったが、雲よりも自分の頬のほうがより深い桃色に染まっている気がした。

「それで……あの……蓮斗さんはどうしてここに？」

「出張」

「今日って土曜日なのに……」

第四話

休日なのに出張なんて大変だな、と思っていると、蓮斗が妙に後ろめたそうな顔をしている。出会ってから四年、彼がこういう顔をするのは、なにかたくらんでいるときだとわかるぐらいの付き合いの長さになっていた。

蓮斗は「コホン」とわざとらしい咳払《せきばら》いをしたあと、悪戯《いたずら》小僧みたいな顔で言った。

「実は出張は月曜日から。でも朝一で会わなきゃならない人がいて、前乗りすることは決まってたんだ。で、どうせなら旅行がてら土曜日から来ちゃおうと……」

出張にプライベートの楽しみをくっつけるなんて、いかにも旅好きな蓮斗のやりそうなことである。それにしても転勤間際で多忙なはずの蓮斗に、山口なんて遠方に出張させるなんてひどい会社だ。ただ、こんなふうに仕事とお楽しみをくっつけても許される雰囲気があるなら、ものすごいブラック企業というわけでもないのかもしれない。

「なるほど。でも、私が旅行に来てるときに同じ下関に出張なんて、すごい偶然」

昨日『別府弁天池』の写真を送ったときに、日和が山口旅行の最中《さなか》で、明日は下関に行くことは知らせた。おそらく蓮斗は、このあたりに日和がいるはずと見当を付けて探してくれたのだろう。だからさっきの日和の『あえて』という言葉を撤回する気はないが、それもそも彼が下関にいたからこその話。彼と同じ人生を歩くことはなさそうだ、と悲観していた日和には嬉し過ぎる偶然だった。

ところが、蓮斗は依然として後ろめたそうな顔をしている。そして、ふうっと息を吐いて続けた。

「本当は偶然でもなんでもないんだ。今回の俺の出張先は博多《はかた》」

「博多⁉　じゃあなんで……」

「いや、梶倉さんが唐戸市場に行くって聞いたあと、月曜から出張だとしても、明日、明後日は休みじゃないかって思っちゃって……」

唐戸市場には前にも行ったことがあるが、そのときは平日で『市場飯』を堪能することができなかった。日曜日に前乗りするつもりだったけれど、土曜日に出発すれば、日曜日に唐戸市場に行くことができる。

直前な上に土曜日の夜なので空室を探すのは難しいかと思ったが、一か八かで検索してみたら一室だけ空いていた。これはもう行くしかない、と予約を入れて出かけてきた、と言うのだ。

「でも、飛行機は？　飛行機はそう簡単に変更できないはずじゃ……」

「それが、あいにく飛行機が満席で、新幹線で移動する予定だったんだ。新幹線なら日時変更できるからね」

「出張でそんなことをしたら、旅費精算とか面倒じゃないですか？」

「さすがは総務課。でも、大丈夫。新下関までしか請求しないよ。あとは自腹」

「なるほど……でも、唐戸市場って平日と休日でそんなに違うんですか？」

「開いている食堂の数も営業時間も違う。休日なら朝飯を市場で食べることもできるんだ」

「明日は日曜日ですからお寿司や海鮮丼をたっぷり食べられますね」

「そういうこと、おっと、あれが巌流島《がんりゅうじま》だよ」

そこで蓮斗はまた窓の外を指さす。話しながらもあちこち目を配る余裕が羨《うらや》ましい。

第四話

——下関に来た理由は『市場飯』だったんだ……。もしかしたら、わざわざ私に会いに来てくれたのかと思ったけど、そんなはずないよね……

それでも、ここに日和がいるとわかっていて探してくれた。結果として彼に会うことができて、一緒に観覧車にまで乗っているのだから十分だ。

そう自分に言い聞かせつつ、目を凝らす。巌流島は剣豪宮本武蔵《みやもとむさし》が、佐々木小次郎《ささきこじろう》と対決したことで有名な島だ。武蔵を待ちわびていた小次郎と違って、日和は蓮斗が来るなんて夢にも思っていなかったが、会いたい相手と会えたことに変わりはない。この状況で巌流島を見るなんて出来すぎだった。

「じゃあ、明日は唐戸市場でご飯を食べてから博多に移動ですか？」

「うーん……それでもいいんだけど、ちょっともったいないかな。博多には夜までに着けばいいんだし。梶倉さん、明日の予定は？」

「唐戸市場でお土産を買って、あとは近くの神社とかロープウェイとか……」

「飛行機は？」

「午後五時四十五分発です」

「それだと結構時間が余りそうだな。ロープウェイっていうのが『火の山ロープウェイ』のことなら、大して時間は潰せない」

「そうなんですか!?」

「うん。片道五分もかからないし、いくら海好きでも何時間も眺めてられるとは思えないけどなあ」

「それはまあ……」

それでは、時間が余りまくってしまう。ただ、今回は車の旅だから行動はかなり自由だ。検索して面白そうなところが見つかれば寄ってもいいし、早めに空港に行って待っていてもいい。とにかく今は、明日のことなど考えずに蓮斗と過ごす時間を楽しみたかった。

ところが当の蓮斗はそんなことはまったく考えていないらしく、スマホを取り出してなにかを調べ始めた。そしてすぐに、嬉しそうな声を上げた。

「昨日、ろくに秋芳洞を見られなかったって言ってたよね？ リベンジしてみるっていうのはどう？ 山口宇部空港から帰るなら途中で寄れるでしょ」

「え……」

思わず日和は絶句した。

確かに日本三大鍾乳洞のひとつをろくに見ないままに帰るのは惜しいかもしれない。でも、あの暗闇の恐怖をもう一度味わうのは嫌だ。それぐらいなら空港の待合室でスマホゲームでもしていたほうがマシだとすら思えた。

「い、いいです、秋芳洞はパスです！ あの暗闇にひとりぼっちの感覚は……」

「誰もひとりで行けなんて言ってないよ、ってか、俺も連れてってよ。前にも行ったことはあるんだけど、時間がなくてしっかり見られなかったんだ。市場飯のあと秋芳洞までドライブってどう？」

「えーっ!?」

旅の達人かつ日和より四歳も年上の男が『連れてって』はない。けれど、冷静に考えたら車を借りているのは日和だ。『連れてって』は『乗せてって』と同義なら間違ってはいない。

いや、問題はそこにはない。これだと明日の大半は蓮斗と過ごすことになる。ひとり旅でそんなことが許されるのか!?　――許されるに決まっている。むしろ大歓迎だった。

「あ、もしかして迷惑?」

「えっと……」

あまり嬉しそうな顔をすると気持ちがバレてしまうかもしれない。無理やり平静を装おうとしていると、蓮斗が言葉を重ねてきた。

「あのさ、誰かと一緒なら暗い鍾乳洞でも平気かもしれないよ?　俺じゃあんまり頼りにならないかもしれないけど、話しながら歩くだけでも気分は違うだろうし……」

『頼りにならない』なんてどの口が言う。麗佳に堂々と騎士宣言したのは誰だ、と言い返したくなったが、なんとか日和を説得しようとしている蓮斗が気の毒になって、素直に答えることにした。

「大歓迎です。やっぱり『秋芳洞』は見ておきたいし」

「だよね!　せっかくここまで来たんだからさ!」

「じゃあ……」

そこまで話したところで、アナウンスが流れてきた。いつの間にか観覧車は地上に近づいている。降りる支度をしろということだった。

三百六十度のパノラマはほとんど楽しめなかった。けれど、目の前の四十五度で十分満足して日和はゴンドラから降りる。日はすっかり傾き、明日に備えようとしている。どうか明日も頑張って、極上のドライブ日和を届けて！　と祈らずにいられなかった。

出口に向かいながら蓮斗が訊ねてきた。

「ところで水族館は見られた？」

「いいえ。ホテルに着くなり寝ちゃって、起きたら四時半でした。入るかどうか迷ったんですけど、閉館が五時半だったので諦めました」

「そっか。でもよかった」

「よかった？　もしかして見る価値がないとか？」

「とんでもない。ここは世界一フグに詳しい水族館だし、ペンギンの群泳は必見だよ。でも、君がここに入っていたら一緒に観覧車には乗れなかった。実はね……」

ホテルにチェックインしたあと、どこかに日和がいるはずだと探しに出た蓮斗は、水族館の前まで来て中に入るか迷ったそうだ。日和は水族館が好きだから入っている可能性はかなり高いが、到着時刻によっては諦めざるを得なかったかもしれない。どうせもうすぐ閉館時刻だから、水族館の前で待っているという手もあるな、と思ったとき、巨大な観覧車が目に入ったという。

「夕暮れ時で雰囲気は抜群。むしろ、こっちに乗ろうとしたかもしれない、って思ってさ。ここ、入園料はいらないし、近くで探してみようって来てみたら、君が立ってた。で、大急ぎでチケットを買って乱入したってわけ」

「そうだったんですか……よかった、シースルーゴンドラを待ってて」

「だね。それにこの観覧車もうすぐ乗れなくなっちゃうし」

第四話

「え？」

「この土地は下関市から借りてるらしいんだけど、定期借地権が来年の春で切れるそうだよ。だから今月末で観覧車どころか、遊園地がまるごと営業終了」

思わず、観覧車を振り向いた。こんなに立派な観覧車なのに、壊れたわけでもないのに、あと数日でもう誰も乗れなくなってしまう。なんと寂しいことだろう。せめて営業終了前に、しかも蓮斗と一緒に乗れたことを喜ぶしかなかった。

「壊しちゃうんでしょうか。観覧車だけでも残すってわけには……」

「残して欲しい人は多いかもしれないね。もしかしたらどこかに移設するかもしれないし」

廃園になった遊園地から遊具を移設するというのはよく聞く話だ。この観覧車もどこかに移設してほしい。普通なら移動するはずのない観覧車が旅をする。考えただけでも愉快になってくる。

「どうしたの？」

「え？」

「いや、なんだか楽しそうだから」

「この観覧車もどこかに移設されたらいいなあ、そしたら『旅する観覧車』だなって」

「旅する……」

観覧車にはおよそ似つかわしくないフレーズに、蓮斗は目を丸くした。そして、耐えかねたように笑いだす。

「そうだね。遊園地が廃園になるたびに移設されるとしたら、まさに『旅する観覧車』だ。国外に移設することもあるみたいだから、うまくすると海外旅行も経験できるってわけだね」

「海外まで！　いいなあ……私、パスポート持ってないんです」

「そうなんだ……じゃあ初海外は……あ、どっちに行く？」

そこで蓮斗は言葉を切った。ちょうど遊園地の出口まで来たからだろう。時刻は午後五時半を過ぎた。夕食を午後六時からに指定しているので、ホテルに戻らなければならない。

今日の夕食はお手軽フグコース、下関のフグを楽しめる絶好の機会と楽しみにしてきた。だが、夕食付きでなければ、蓮斗と食事が出来たかもしれない、と思うと恨めしいばかりだ。ホテルの夕食をキャンセルしたくなったが、さすがに三十分前ではホテルに迷惑だろうし、蓮斗が食事に誘ってくれるとは限らない。また明日会えるのだから、と泣く泣くホテルに戻ることにした。

「私はホテルに戻らなきゃ……もうすぐご飯だから……」

「晩飯は何時？」

「六時です」

「そっか。じゃあ行こう」

軽く頷き、蓮斗はホテルのほうに歩き出した。もうすぐ別れなければならないというのに少しも残念そうに見えない。むしろ楽しそうにさえ見える彼の姿に、やっぱりな……なんてため息が出る。おそらく蓮斗は、日和ほど一緒に過ごしたいとは思っていないのだろう。

ところが、港に面したホテルの入り口に着いた蓮斗は、そのまま中に入っていく。そして、つかつかとフロントに歩み寄り、従業員に訊ねた。

第四話

「食事の席を変えてもらうことはできますか？」

従業員が小首を傾げた。経験豊富に見えるフロントマンだが、さすがにこんな申し出には慣れていないのだろう。蓮斗はなに食わぬ顔で続けた。

「偶然知り合いと会ったんです。お互いにこちらでお世話になっているので、できれば僕たちを同じテーブルにしていただけないかと……」

――蓮斗さんもこのホテルだったの!?　もしかしたらご飯も一緒に食べられる!?

さっきの落胆はどこへやら……祈るような気持ちで答えを待っていると、フロントマンは蓮斗の後ろにいた日和の顔をさっと見て答えた。

「吉永さまと梶倉さまですね。どちらも午後六時からのお食事と……はい、大丈夫です。同じテーブルでご用意できます」

「ありがとうございます。直前なのに無理なお願いをして申し訳ありません」

「いえいえ。どうぞ、ごゆっくりお楽しみくださいませ」

普段の『俺』が『僕』に変わり、言葉遣いもとても丁寧だ。従業員を下に見てぞんざいな口をきく人は興ざめだが、やっぱり蓮斗はちゃんとしている。さすがだな……と感心していると、蓮斗が振り返った。

「勝手に決めちゃったけど、大丈夫だった？」

「もちろん！　明日の打ち合わせもしなきゃなりませんし」

「だよね。じゃあ、六時にレストランでってことでいいかな？」

「はい！」

エレベーターで蓮斗と別れ、大急ぎで部屋に戻る。

時間はあと十五分ぐらいしかない。今更かもしれないが、せめてもうちょっとおしゃれな服に着替えて、化粧も直したかった。


「この料理でこの値段って、めちゃくちゃお得だよね」

品書きを見て蓮斗が嬉しそうに言う。

『ふく会席』と銘打たれた品書きには、白子豆腐から始まって水菓子を含めて九品の名前が並んでいる。前菜、薄造り、一夜干し、小鍋《こなべ》、茶碗《ちゃわん》蒸し、唐揚げに雑炊と立派な会席料理である。ホームページには『アラ』が使われていると書かれていたが、これだけのフグ料理を専門店で食べたらどれほどかかることか……おそらく一泊二食付きのこのホテルの宿泊料では収まらないはずだ、と蓮斗が説明してくれた。

「本当ですよね。私もこれなら予算範囲内だなと思って予約したんです。それにお肉もお魚も骨の周りが一番美味しいって言いますし」

「そうそう。アラはコスパが最高なんだ。わかってるね！」

では楽しもう、と蓮斗は箸を取る。

どの料理も絶品、と言いたいところだが、正直に言えばわからない。

薄造りはポン酢の酸味に味を引き立てられて上品な味わい。一夜干しはふっくらと焼かれ、嚙《か》みしめると旨《うま》みが染み出してくる。唐揚げは衣にしっかり味がついていてパリパリだし、茶碗蒸しの白子は口の中で蕩《とろ》けた。蓮斗が頼んでくれた日本酒『海響《かいきょう》』は、淡いぶどうのような香りがして、飲み口がとても柔らかい上に、おしゃれなシャンペングラスに入れられていて『特別な夜』に彩りを添えてくれた。

素晴らしい魚料理とお酒だとは思うが、これが『フグの美味しさ』か、と言われたら首を傾げる。なにせまともにフグを食べたことがないのだから……

「フグってこういう味だったんですね。なんだかよくわからない……」

ついうっかり呟《つぶや》いた言葉に、蓮斗が吹きだした。

「正直過ぎるだろ！」

「だって……」

「うん、わかるよ。俺も、これがフグの美味しさだ、って言われて頷けるほど食ってない。一、二度、取引先と食べたことはあるけど、そんなのまともに味わえないし」

「ですよね」

「本当に旨いフグは『知る人ぞ知る』高級店に行かないとだめって聞いたこともあるから、まあ『経験しました』ってぐらいでいいかな」

「私もそう思います。でも、このメロンは絶品です」

「うん。めちゃくちゃ甘いよね。このデザートが出るぐらいだからほかの料理も一流だったに違いない」

一緒にいる時間は飛ぶように過ぎていく。ふたりして褒めているのか貶《けな》しているのかわからない感想で食事を締めくくった。

「明日はどうする？」

「どうするって？」

「このプランは朝飯もついてるよね？　パスして市場飯でもいいし、軽く食ったあと寿司とかつまんでもいいし」

「ホテルの朝食をパスするのはもったいない気がします。朝一番でホテルの朝ご飯を食べて、そのあと市場でお寿司をつまむっていうのは？」

「グッドプランだね。じゃあ、十時……いや九時半にロビーで待ち合わせってことにしよう」

え、ホテルの朝ご飯は一緒に食べてくれないの？　とがっかりしかけて、はっとする。朝ご飯を一緒に食べるということは、それに合わせて支度をしなければならないということだ。

起き抜けにすっぴんで食べることもある朝食も、蓮斗と一緒ではそういうわけにもいかない。なにより、予想外に蓮斗と出会ったせいで、緊張と興奮でまともに眠れる自信がない。九時半の待ち合わせなら、肌が荒れて目の下にクマができたとしても、化粧で隠す時間はあるだろう。

朝食で顔を合わせずに済む残念さとありがたさを天秤《てんびん》にかけたら、今は圧倒的に後者。蓮斗じゃないが『わかってるね』と言いたくなった。

「蓮斗さんは、朝ご飯は市場で？」

「起きたときの気分かな。あ、でもご心配なく。たとえ市場で海鮮丼を食ったとしても、寿司の三つ、四つ、五つ、六つ、七つ……ぐらい食えるから」

「どれだけ食べるんですか！」

「だって旨そうだし、ってことで、また明日。ゆっくり休んでね」

そう言いながら蓮斗はエレベーターから降りていった。

第四話

翌朝、日和は絶望的な気分でベッドから身を起こした。

予想どおり、高まりきった気分はちっとも鎮静化してくれず、それどころか今日のドライブのことで頭はいっぱい……ほとんど眠れないままに朝を迎えてしまった。ほんの少しだけ眠った記憶はあるが、それがわかったのは、嫌な夢を見てしまったせいだ。

秋芳洞の中で蓮斗に『君と会うのはこれが最後。今までありがとう』と言われて目の前は真っ暗。そのまま蓮斗はいなくなり、二進《にっち》も三進《さっち》もいかなくなるという夢だった。

蓮斗はそんなことをする人じゃない。本当に『これが最後』だったとしても、一緒に来た人間を鍾乳洞の中に置き去りにするわけがない。

こんなの夢だ、でも夢じゃなかったらどうしよう、と焦りまくった挙げ句目を覚まし、やっぱり夢だったとほっとした。それでもなお、正夢になるかもしれない、という不安のあまり、それ以後は眠ることができなかった。

――本当に朝ご飯の約束をしなくてよかった。こんなの、一時間かけてもちゃんとメイクで隠せるかどうかわかんない……

もしもこれが最後になるなら、なおさらこんな顔では会いたくない。もしも最後じゃなかったとしても、これでは最後にされかねない。

万事休す、と思いながら、日和は濡《ぬ》れたタオルで必死に顔を冷やす。赤らんだ目と浮腫《むくみ》が少しでも薄らいでほしい一心だった。


午前九時二十五分、なんとか腫《は》れが引いた顔に渾身《こんしん》のメイクを施し、日和は部屋を出た。

エレベーターを降りるなり、ソファに座ってスマホをいじっている蓮斗の姿が目に入る。

「おはようございます」

「おはよう。あれ……？」

日和の声で顔を上げた蓮斗は、まじまじと日和の顔を見たあと、心配そうに言う。

「もしかして、よく眠れなかった？」

やっぱり誤魔化しきれなかった。一目で睡眠不足とわかるほどひどい顔をしているに違いない。

「なんか、夢見が悪くて……」

「どんな夢？」

「それが、恐かったことだけしか覚えてないんです」

あなたに置き去りにされる夢です、なんて言えるわけがない。だが、幸い蓮斗は、とっさに口にした言い訳を信じてくれたらしく、それ以上夢の中身に言及することはなかった。その代わり、スマホをポケットにしまいながら日和に訊ねてくる。

第四話

「朝飯は食えた？」

「……いいえ」

食欲なんてどこを探してもなかった。ホテルの朝食を無駄にするのは惜しいからと九時半の約束にしたのに、これでは台無しだ。きっと蓮斗も呆れているのだろう。「まいったな」と小さく呟く声が聞こえた。

「ごめんなさい……」

「え、なんで謝るの⁉　たぶんこれ、俺のせいだよね？　予定外の行動させちゃったから」

「そんなことありませんって！　旅をしてたら予定外の行動なんていくらでも……」

「まあそうなんだけどね……でも、本当に大丈夫？　寿司なんて食える？」

「えーっと……大丈夫みたいです」

不思議としか言いようがないが、蓮斗の顔を見たとたん、行方不明だった食欲が戻ってきた。少なくとも今、蓮斗は目の前にいる。唐戸市場で置き去りにされたりしないという安心感からかもしれない。

「ならいいけど……体調が悪いときに海産物ってちょっと心配なんだけど」

「新鮮なら大丈夫ですよ」

「それは間違いない。さっき海鮮丼を食った俺が保証する」

「やっぱり食べたんですか」

「めちゃくちゃ旨かったよ。じゃあ、行こうか。あ、でも、くれぐれも無理はしないで」

日和は、右手を頭の横に掲げ『了解』の仕草をする。蓮斗は軽く笑うと、港に出るドアに向かった。

蓮斗について市場に入る。彼は事前に評判のいい店を調べていたらしく、観光客でごった返す中、迷いなく進んでいく。着いた先は明らかにほかの店よりも品揃えが豊富で、値段も安い店だった。

――やっぱりこの人は優秀なガイドさんだなあ……わ、そんなに食べるの!?

ここは店員さんに好きな寿司を言って取ってもらうスタイルらしく、蓮斗は次々に注文していく。もう海鮮丼を食べているはずなのに、ほとんどにぎり寿司一人前と同じぐらいの数を載せる姿に驚いてしまう。これなら、旅先で美味しいものに出会ってもお腹がいっぱいで食べられない、なんて悲劇とは無縁だ。お腹の容量不足であれこれ諦めざるを得なくなる日和とは大違い。これも、優秀なガイドたる所以《ゆえん》なのかもしれない。

「今日はこんなところで勘弁してやらあ！」

吉本《よしもと》新喜劇に出てくる弱いチンピラみたいな台詞《せりふ》で蓮斗は注文を終え、日和の番になった。どのお寿司も本当に美味しそうで目移りする。蓮斗と同じぐらい食べたいが、やっぱり無理は禁物と控えめにする。

結局彼が十貫、日和が六貫の寿司を選んだ。会計はまとめて蓮斗がすませ、払おうとしても受け取ってくれない。曰《いわ》く、秋芳洞に『連れて行って』もらうお礼とのことだった。

「これっぽっちじゃガソリン代にもならないけど、足りない分はまたあとで」

日和が選んだのは、フグ、大トロ、ウニ、ヒラマサ、甘エビ、そして炙《あぶ》りノドグロだった。どれ

第四話

もお寿司屋さんで食べたらけっこうな値段なのに、ここでは全部まとめてスーパーのパック寿司ぐらいで収まってしまう。さすがは、下関観光の目玉とされる『唐戸市場の寿司バイキング』だった。

「なにか汁物いる？　フグ汁とかあるけど」

「私はいりません」

「そう。じゃあ、外で食べようか」

寿司が詰まったパックを受け取り、外に出る。箸も醤油《しょうゆ》も添えられているので、買ってすぐに食べられる。海沿いのベンチは満席だったけれど、幸い目の前で食べ終えた人がいて、座ることができた。

早速パックを開け、寿司の上に醤油を垂らす。そこで蓮斗がスマホを渡してきた。

「悪いけど、写真撮ってくれる？」

ベンチに座るなりパックを開けて写真を撮っていたはずなのに、と思っていると手櫛《てぐし》で髪を整えて言う。

「ひとり旅だと風景とか食い物ばっかりで、自分が入った写真がなかなか撮れないだろ？　たまにはいいかな、と」

「あ、なるほど」

早速立ち上がってスマホを構える。寿司を前に嬉しそうに笑う蓮斗。背景に港風景が入るように画角を決め、シャッターを押した。すぐにスマホを返して確認してもらう。

「これでいいですか？」

「十分だよ。ありがとう。あ、ちょっといい？」

「はい？」

蓮斗はベンチに座り直した日和のほうに身体を寄せ、スマホを持った手をぐっと伸ばす。え……と思う間もなく、シャッター音が聞こえた。

「やだ、撮るなら撮るって言ってくださいよ！」

「いいじゃない。きれいに撮れたよ」

ほら、と見せられた画面にはひどく嬉しそうな顔の自分が写っている。顔色だって起き抜けのときよりずっといい。驚くべき『蓮斗効果』だった。

「やっぱり美味しいものを前にするといい表情になるよね」

ふたりの間には買ったばかりの寿司が写っている。この寿司が食べられるのが嬉しくてこんな顔になっていると思われたのはいいことなのか、悪いことなのか判断に困る。どちらにしても、蓮斗のスマホの中に残る写真がきれいに撮れてよかったと思うしかなかった。

そのまま蓮斗はスマホを操作する。次の瞬間、日和のスマホがポーンと着信音を立てた。

「はい、共有。悪用しないでね」

日和は蓮斗の写真を一枚も持っていない。初めて手に入れた蓮斗の写真が自分とのツーショットなんて夢みたいだ。その貴重な写真を悪用なんてするわけがなかった。

「悪用なんてしません」

「だよね。なにに使うんだって話だ」

蓮斗は笑いながら寿司を食べ始める。ネタもシャリも大きくて五貫でお腹いっぱいになってしまった。

「旨かった！　やっぱり来てよかった。梶倉さんのおかげだよ」

蓮斗は博多に出張だと言っていたが、その出張は転勤の準備もしくは挨拶だろう。もうすぐ蓮斗は九州に住む。博多から下関は車でも電車でも一時間半ぐらいで移動できる。これから先、来ようと思えばいくらでも来られるはずだ。

けれど、蓮斗のなかで日和は転勤話を聞いていないことになっている。『近くなるじゃないですか』と口にすることはできなかった。

曖昧《あいまい》に頷いて炙りノドグロの寿司を食べる。

炙ったことで心持ち身が柔らかくなり、トッピングされたネギとよく馴染む。下関でノドグロが食べられるなんて……と思いかけて気が付いた。山口は本州の端っこで、陸路で九州に行けてしまうからうっかりしがちだが、ちゃんと日本海に面している。島根であれほど豊富に獲《と》れるノドグロが獲れないわけがない。

またしても『気がつけば日本海』だ。そして、博多に引っ越したあとは、蓮斗にとっての海は太平洋ではなく日本海になるんだな、と気付きまた少し落ち込む。いくら世界中の海は繋がっていると言われても、太平洋と日本海では趣が違う。同じ海を眺めている気にはなれないだろう。

ネガティブな気持ちで食べているにもかかわらず、寿司はどれもとても美味しい。ただ、蓮斗に会えたことでいったん回復した体調が、徐々に悪化し始めた。なんだか胃が存在を主張している。

蓮斗の言うとおり、体調が優れないとき、しかも空っぽの胃に海産物は負担になるのかもしれない。それでも、こんなに美味しいお寿司を残すなんてあり得ない。シャリの大きさと六貫も選んだ自分を恨めしく思いながらも完食し、割り箸とパックを輪ゴムでまとめた。

ふと気付くと、とっくに食べ終わっていた蓮斗が心配そうにこちらを見ている。

「大丈夫？　具合が悪いんじゃない？」

「平気です。あ、でも、そろそろ戻ってチェックアウトしないと」

「もう少しなら大丈夫だよ。それより梶倉さん、買い物はしなくていいの？」

「まあ、いいです」

せっかく下関に来たのだから、美味しい魚を買って帰りたいのは山々だが、大混雑の市場を見て歩く元気がない。このあと運転もしなければならないのだから、少しでも身体を休めるべきだ。ここ数年、頻繁に旅をしたし、海産物のお土産もたくさん買った。一度ぐらい、海産物がなくても両親はがっかりしたりしないだろう。

「そう。じゃあ、いったんホテルに戻ろうか。チェックアウトは十一時だから、まだ時間はある。少し横になるといいよ」

「はい……」

重苦しい胃を抱えてホテルに戻る。本当はふたりでもっと市場を見て歩きたかった、できれば近くの神社にも一緒にお参りしたかったのに、と、情けなさが募った。

ロビーに入ったところで、蓮斗が訊ねた。

「そういえば、車ってどこに置いたの？　けっこう離れてる？」

「いいえ。玄関前です。あ、ここからもちょっと見えます」

「あの白いの？」

「そうです」

「あそこなら心配ないね。歩かなきゃならないと辛いから」

「ですね……」

部屋に入るなりベッドに横たわる。市場に出かける前に、荷造りは終えている。チェックアウトタイムまで休めば、胃の重苦しさも取れるだろう。

第四話

午前十時五十八分、チェックアウトした日和は、ロビーを見渡した。

だがロビーに蓮斗の姿がない。まさか彼まで寝過ごしているわけでは……と心配になったとき、正面玄関から入ってくる姿が見えた。

「ごめん、ごめん。ちょっとは休めた？」

「おかげさまで。うっかり寝ちゃって、チェックアウトタイムを過ぎちゃうところでした」

「間に合ったのなら問題ないよ。じゃ、行こうか」

「はい。えーっと、確かキーは……」

答えながら、バッグの中を捜す。底の方に入ってしまったらしく少し手間取ったが、ようやく見つけてほっとすると、蓮斗が手を突き出してきた。

かない。

「キーを渡して。俺が運転するよ」

「え、だめですよ！　借りたのは私なんですから」

蓮斗が運転上手なのはわかっているが、あらかじめ登録していない人間に運転させるわけにはいかない。

ところが、キーを握って首を左右に振る日和に、蓮斗はクスッと笑って答えた。

「やっぱり真面目だなあ。でも大丈夫、レンタカー屋に連絡して追加登録してもらったから」

「はい？」

「電話を入れて、メールで免許証の画像を送るだけで追加登録完了」

「もしかして、車の場所を訊いたのって……」

「そのとおり。いったん部屋に戻ってチェックアウトの準備をして降りてきて、レンタカー屋に電話してみたんだ。会社によっては追加できないところもあるんだけど、梶倉さんが借りたところは大丈夫だった」

「そんなことができるんですね……」

「便利な世の中だよね。ダメ元で電話したんだけど、運転手が体調不良だって言ったら、それはお困りでしょうって追加してくれた」

「でも、運転してもらうのは申し訳ないし……」

「そんな顔色の人に運転してもらうほうが申し訳ないよ。俺が運転するし、なんなら空港まで送ってく」

第四話

「そんなことさせられません！　それに、空港から博多って……」

「バスと電車で一時間半。飛行機は午後五時四十五分発だろ？　君を送ってからでもまったく問題ない」

どうせビジネスホテルだから、夕食の時間も心配しなくていい。飛行機が飛び立つのを確認してからでも八時ごろには着ける、と蓮斗は言い張る。これでは日和は運転させてもらえそうにない。胃の重苦しさは治まったけれど、蓮斗を隣に乗せて冷静に運転できる気がしない。ありがたすぎて涙が出そうだった。

日和からキーを受け取った蓮斗は、上機嫌で車に向かう。

後ろの席のドアを開けてビジネスバッグを載せてから、日和のほうに回ってきてキャリーバッグを積み込んでくれた。ビジネスバッグはかなり厚みがあるタイプだが、おそらく着替えなどは最小限で、仕事用のパソコンや書類が詰め込まれているのだろう。一緒に置かれた東京名物のお菓子の名前が入った紙袋に、改めて『転勤先への挨拶』という言葉が浮かんだ。

「シート位置調整ＯＫ、シートベルトＯＫ！」

楽しそうな蓮斗と裏腹に、気持ちがどんどん落ち込んでいく。よほど元気がないように見えたのか、蓮斗が心配そうに訊ねた。

「秋芳洞、行ける？　無理ならパスでも……」

「行けます。余裕です。やっぱり秋芳洞にリベンジしたいです。それに、行かないと時間が余りまくるって、蓮斗さんも言ってたじゃないですか」

「それは間違いないけど……。じゃあ、できるだけゆっくり走らせるね。あ、辛いならシート倒して寝ててもいいよ」

「そこまでじゃありませんって。でも、本当に来てくださって助かりました。これなら無事に空港に辿り着けそうです。そろそろ行きましょう」

にっこり笑って出発を促す。ドキドキ、うきうき、そして、最後はしょんぼりするに違いないドライブの始まりだった。


下関から秋芳洞までの間、あまり会話はなかった。おそらく日和の体調を気遣って少しでも休ませようとしてくれているのかと思っていたが、表情がかなり厳しかったから、もしかしたら仕事のことでも考えていたのかもしれない。

この難しい顔は、自分のせいかと疑いそうになるも、蓮斗はそんな人じゃないと思い直した。そもそもこんな表情になるほど迷惑に思っているなら、レンタカー屋に連絡してまで運転を引き受けようとするわけがなかった。

いつになく会話の少ないドライブを経て、蓮斗は商店街に近い駐車場に車を停めた。

駐車場の周りから商店街、さらに秋芳洞の入り口に至るまで、たくさんの人が行き来している。一昨日《おととい》、日和が使ったエレベーター口とは大違いだった。

ふたりであちこちにある案内板を読んだり、音声案内を聞いたりしながら進んでいく。通路はぼんやりとはいえ、ちゃんと足下が見える。一昨日ちらっと見るだけで引き返した『黄金柱』や『千

第四話

畳敷』も、あのときよりずっと明るく感じた。それでも、恐さが全部なくなったわけでなく、最後まで歩き切ることができたのは、隣に蓮斗がいてくれるという安心感のおかげだったに違いない。

途中で足下がぬかるんでいるところがあり、危うく転びそうになった日和を、蓮斗は難なく支えた。そして『危なっかしいね』と笑ったあと手を繋いで歩き始め、その手は鍾乳洞から出たあともほどかれることはなかった。

意外とうっかりしているところがあるから、手を繋いでいること自体を忘れているのかも、と思ったが、振りほどくなんて失礼だし、そもそもそんな気は毛頭ない。たとえ蓮斗が、危なっかしい子どもを保護するような気持ちだったとしても、日和は好きな相手と手を繋ぐという経験が一秒でも長く続いてほしかった。

日和の胸の鼓動の加速は蓮斗と手を繋いだ瞬間から始まり、今なお続いている。ただ、スピードが最高潮になったのは、ふたりが駐車場に戻ったときのことだった。

さすがにこのままじゃ車には乗れないよね、と思いながら、日和は繋いだ手を見下ろした。蓮斗も同じように手を見ている。数秒無言の時がすぎたあと、彼はぽつりと言った。

「離したくないなあ……」

「え……？」

「梶倉さん、麗佳から俺の転勤の話は聞いてる？」

正面切って訊かれたら、嘘はつけない。やむなく頷くと、蓮斗は大きなため息を吐いて言った。

「そっか。それでもなにも言わないのは梶倉さんらしいと言うか……」

「だって……自分がいないところで自分の話をされるのって嫌じゃないかと思って……」

「今更すぎると思わない？」

「それはそうですけど、なんて言っていいかわからなくて。『ご栄転おめでとうございます』は違う気がして……あ、もちろんご栄転なんでしょうけど！」

蓮斗に限って、左遷で地方に飛ばされるなんてことになるはずがない。それは身贔屓《みびいき》ではなく、麗佳や浩介の話からも明らかだった。

「新しい営業所の開設スタッフを任されたんだから、たぶん栄転だろうな。うまくすれば、そのまま所長とまでは行かなくても、課長ぐらいにはなれるんじゃないかと俺は思ってる。浩介と麗佳が結婚してて大ラッキー」

「そうなんですか……よかったですね……」

「よかった？」

「よくないんですか？」

「……仕事のことだけ考えたらね。でも……」

そこでまた蓮斗は繋いだ手を見下ろした。

「この手、ずっと繋いでいたい、とか言ったら迷惑？」

「え……」

ぎょっとした日和の顔を見て、それまで蓮斗の手に込められていた力がすっと抜けた。反射的にぐっと握り返す。

第四話

「梶倉さん？」

「迷惑なわけないじゃないですか！」

「そうなの？」

「そうです。だいたい、私が蓮斗さんの転勤話を聞いたとき、どんな気持ちになったと思ってるんですか！」

「えーっと……ウザいのがいなくなってラッキー、とか」

「怒りますよ！」

「ごめん……じゃあ、ちょっとはがっかりしてくれた？」

「目の前が真っ暗になりました。それなのに蓮斗さんは、転勤になったことすら教えてくれないし。めちゃくちゃ楽しそうに観覧車に乗ったり、ご飯を食べたり……」

「そりゃそうだよ。ここ一番の賭《か》けに勝ったんだから」

「賭け？」

それまでの怒りはどこへやら、きょとんとする日和に、蓮斗はとんでもない種明かしを始めた。


蓮斗は、ずいぶん前から異動を予感していたらしい。

博多営業所の開設は四年も前から計画され、浩介と蓮斗も深くかかわっていた。この感染症騒ぎで延期が続いていたものの、動き出したらどちらかが出向くことになる。浩介と麗佳が結婚間近なのはわかっていたから、行くとしたら自分だと考えていたそうだ。

「四年も前から……」

「そう。だから、どっかの『人見知り女王』が『人見知り王女』になって、人見知りってなんだっけ？　って感じでどんどん外に出て行くようになっても、ただ見てることしかできなかった」

「なんで!?」

「だって、いずれ博多に行くのがわかってて、『付き合ってくれ』もないだろ。無責任すぎる」

「だったらどうして……」

異動は確定、転勤挨拶かもしれない出張に行く途中でこの成り行きはおかしい。そう思うのは日和だけではないはずだ。

蓮斗もそれはわかっているらしく、言葉を続けようとした日和を、片手を上げて止めた。

「理性と感情がせめぎ合って収拾がつかなくなった。で、賭けに出た」

「だからなんなんですか、賭けって」

「俺はこの週明けに博多出張が決まってた。麗佳から浩介経由で、梶倉さんが有休を取ったことは聞いてた。きっと旅に出る、行き先が九州なら告白しに行こう、って。でも、その時点では望み薄だと思ってた」

日和は九州には何度も来ている。博多はもちろん、去年、熊本から宮崎、鹿児島と罰ゲームみたいな長距離ドライブをしたばかりだ。全国に行ったことがない場所がいくらでも残っているのに、このタイミングで旅行先に九州を選ぶことはないだろう、と蓮斗は考えていたという。

「なにそれ……もともと告白する気がなかったってことじゃないですか……」

第四話

「やっぱり、理性が優勢だったんだよ。遠距離恋愛が前提の告白って最悪だし。でも、そこにきれいな池の写真が届いた」

「ああ『別府弁天池』……」

「そう。俺が知らない池の写真。九州のガイドブックでも見たことがない。これは九州じゃないな、と思って絶望した」

「実際、九州じゃないですし」

「だね。それでもやっぱり確かめずにいられなくてさ。で、訊いてみたら山口、土曜日には下関って言うじゃないか」

どうせ日曜日には博多に行く予定だったし、一日繰り上げても支障はない。それに、下関なら、博多に向かう途中で寄れる。博多に着いてから佐賀や大分に向かうより楽なぐらいだった、と蓮斗は笑った。

「そんなわけで、予定を変更しまくって新下関で途中下車。すったもんだで今に至る」

「はあ……」

なにその展開……と頭を垂れる日和に、蓮斗は少し心配そうに訊ねた。

「とりあえず賭けには勝った。で、告白も成功ってことでいい？」

「いい……です」

「いきなり遠恋でも？」

「私の趣味は『ひとり旅』です。九州は、佐賀も大分も長崎も行ってないし、熊本だって通っただけでちゃんとは見てません。旅の途中で会いに来ることはできます。蓮斗さんだって、東京に来ることはあるでしょ？」

「ゼロじゃないはず。でも、それで年に何回、会えるんだろ？」

「今までだって、そんなに会ってないじゃないですか。大丈夫です。SNSで連絡は取れますし、ビデオ通話だってできます」

「……めちゃくちゃ前向きだね。でもありがたいし、嬉しいよ」

「私も嬉しいです」

繋いだままの蓮斗の手に、また力がこもる。そして、一際強く握りしめたあと、蓮斗はパッと手を離した。

「もう大丈夫」

「なにがですか？」

「今、手を離したらもう二度と繋げないんじゃないかと不安だった。でもこれからは何度でも繋げる」

「蓮斗さん……」

「それに、君のひとり旅に嫉妬《しっと》せずに済む」

「嫉妬？」

「俺がいるのになんでひとりで行くの？　とかさ」

唖然《あぜん》とする日和を見て、蓮斗が吹きだした。

「冗談だよ。俺はそこまで束縛男じゃないし、ひとり旅の楽しさは誰よりわかってる。たまにはふたりで旅をしたいって思うことはあるだろうけど、君の楽しみを奪ったりしないよ」

「よかった……」

「ひとりでもふたりでも旅は楽しい。どっちにも良さがある。だから、両方ともなくさずに済むようにしよう」

そしてふたりは車に乗り込み、山口宇部空港に向けて走り出した。

第四話

「ありがとうございました」

山口宇部空港の出発ゲートの前で、日和はぺこりと頭を下げた。

いやいや、と手を振り、蓮斗は腕時計を確かめる。時計の針は午後五時十分、そろそろ羽田行きの飛行機の搭乗案内が始まるという時刻だった。

もうすぐ出発する新山口駅行きのバスがあるけれど、蓮斗は日和が乗った飛行機が離陸するまで見ていると言い張り、今なお一緒にいてくれる。軽く食事をしたり、お土産物を見たりしている間に体調はすっかり回復し、ひたすら楽しい時間が過ぎていった。

このあと日和は東京に帰り、蓮斗は博多に向かう。今回は出張だから数日で帰京するけれど、次に彼が旅立つときは、長い別れになるだろう。

正直に言えば、会えなくても近くにいるという安心感は馬鹿にならない。旅、とりわけ飛行機で帰ってきたときに、もしかしたら蓮斗が迎えに来てくれているかもしれない、と心が浮き立った。

思いがけないところで出くわした経験が少なくないだけに、休みの日に町を歩いているときも、偶然会えるかも……とキョロキョロすることもあった。

けれど、蓮斗が博多に引っ越したあとは、もうそんな期待は持てない。約束しない限り彼に会うことは難しくなるし、『こんなところで出会うなんて！』とふたりの縁を確認して、にんまりすることもなくなるだろう。

それでもなお、日和の心に切なさはない。あるのは溢《あふ》れんばかりの幸福感、そして、これからも続く旅への期待だ。

『ひとりでもふたりでも旅は楽しい』という蓮斗の言葉が、心の奥底で柔らかい光を放つ。

人生だって旅のひとつだ。離れたところで積み上げた経験を持ち寄り、共有することでよりよい旅にすることができるに違いない。

蓮斗、麗佳、家族……いろいろな人に支えられて、日和はひとり旅を楽しむことを覚えた。最初は世界の終わりみたいに感じた蓮斗の転勤は、ある意味ラッキーだったのかもしれない。これまでの『友だち以上恋人未満』の関係が何歩も進んだにもかかわらず、今後もひとり旅を続けていける状況を作ってくれたのだから……

——離れている間に恋人が心の中でどんどん美化されて、いざ会ってみたらがっかり……なんて話をよく聞く。そんなのは絶対嫌だ。会うたびに『素敵な子だな』と思ってもらえるように頑張らなくちゃ！

保安検査場の列に並び、もうすぐ自分の番になるというところで振り返る。もちろん蓮斗はまだそこにいる。日和の姿が消えるまで、見送ってくれるのだろう。

耳のあたりで小さく手を振ると、蓮斗も手を振り返してくれた。いつもと同じ、また会えるとわかっているからこその軽い別れの仕草に微笑みながら、日和は保安検査場に入った。

本書は書き下ろしです。

秋川滝美（あきかわ　たきみ）
2012年４月よりオンラインにて作品公開開始。12年10月『いい加減な夜食』（アルファポリス）にて出版デビュー。著書に『ありふれたチョコレート』『居酒屋ぼったくり』『きよのお江戸料理日記』（すべてアルファポリス）、『幸腹な百貨店』『マチのお気楽料理教室』『湯けむり食事処　ヒソップ亭』（すべて講談社）、『放課後の厨房男子』（幻冬舎）、『ソロキャン！』（朝日新聞出版）、『ひとり旅日和』『向日葵のある台所』『おうちごはん修業中！』（すべてKADOKAWA）などがある。

ひとり旅日和《たびびより》　幸来《さちきた》る！

2023年11月24日　初版発行

著者／秋川滝美《あきかわたきみ》

発行者／山下直久

発行／株式会社KADOKAWA
〒102-8177　東京都千代田区富士見2-13-3
電話　0570-002-301（ナビダイヤル）

印刷所／旭印刷株式会社

製本所／本間製本株式会社

ISBN 978-4-04-114017-8　C0093